1.

도서관 런웨이

윤고은

도서관 런웨이

윤고은
장편소설

PIN
036

차례

PIN

036

도서관 런웨이

윤고은

1

안나는 고요한 책들 사이로 걸어가는 걸 좋아했다. 키 높은 서가들이 담벼락처럼 이어진 도서관에서는 아무렇게나 걸어서는 안 됐다. 신발 밑창, 특히 뒷굽을 지면에 잠깐 접촉한다는 느낌으로 내려놓아야만 소리가 나지 않았다. 포스트잇을 한 장씩 바닥에 붙이는 것과 비슷하게. 안나는 자신의 걸음이 바닥에 오래 흔적을 남기지 않을 것을 알기 때문에 접촉에 대한 부담 없이 총총 걸었다.

언젠가 캐나다 동부를 여행하고 돌아와서 안나는 핼리팩스도서관 이야기를 오래 했다. 지그재그 형태로 뻗은 도서관 내부 통로가 몹시 인상적이었다고. 그때 아마도 '도서관 런웨이'란 표현이 처음 등장했을 것이다. 안나는 그 흔적을 인스타그램에 올려두었다. 도서관의 현판, 옥상정원, 가지런한 책상과 의자, 반납 통로나 몇몇 청구기호, 안나가 말한 내부 통로 어디쯤에서 찍은 사진도 있다. 안나는 사진 아래에 이렇게 적어두었다. "어떤 통로와 사랑에 빠지는 과정을 설명하기는 쉽지 않아. 이건 뭐랄까. 누군가의 혈관 하나에 매료되어 그 사람을 사랑하는 것과 비슷한 결과를 낳는 거야. 그 도서관 내부 통로 하나 때문에 크게 인상적이지 않았던 핼리팩스를 그리워하게 되니까."

걷는 동안 비스듬히 들어오던 햇빛의 각도, 낮은 소음, 누군가의 시선, 작가들의 데뷔작만 모아놓은 코너, 자신을 향해 셔터를 누르던 남자……. 그중 어떤 것이 안나를 사로잡은 것인지는 안나 자신도 알 수 없었다. 다만 안나는 그 도서관에 찾아간 시간이 오전 열 시쯤이었는데 오후 네 시에 갔다면 느낌이 달랐을 거라고 말했다. 그러니 그 통로와 사랑에 빠진 배경엔 시간의 영향도 있을 것이다. 안나가 도서관에서 나왔을 때 시계는 이미 두 시를 가리키고 있었다. 안나는 샌드위치와 커피를 먹고 서둘러 그 도시의 해양박물관으로 갔다.

오전 열 시에 도서관으로 들어오던 햇빛이 탄탄하고 촘촘하게 느껴졌다면, 오후 세 시에 폐장을 한 시간 앞둔 해양박물관에는 그날의 용량을 이미 초과한 권태감이 떠다녔다. 물론 전시된 것들은 권태와는 거리가 멀었다. 그곳엔 북대서양을 지나간 일들의 파편이 남아 있었다. 타이타닉호의 선내식 메뉴판이나 핼리팩스 대폭발 때 모인 의안, 퇴역한 등대의 렌즈도 있었다. 수명을 다한 렌즈가 거대한 선풍기처럼 보이기도 했고 회전문을 닮은 것 같기도 해서 안나는 그 앞을 오래 맴돌았다. 그리고 또 한 사람, 훗날 안나의 남편이 된 그 역시 거기에 있었다. 안나는 몇 시간 전 도서관 통로에서 본 남자를 금세 알아보았다. 나중에야 남자가 안나를 박물관 입구에서부터 이미 의식했다는 걸 알게 되었지만, 확실히 먼저 말을 건 사람은 안나였다. "이번엔 제가 찍어드릴게요." 안나가 그렇게 말하지 않았다면 그들은 여행지에서 스쳐 지나가는 엑스트라로 남았을지도 모른다.

그들은 어느새 상대방의 보폭에 자신의 속도를 맞추며 함께 걷게 됐다. 해양박물관에는 디오라마도 있었다. 그들이 내려다본 디오라마 속 사람들의 키는 여행 2주간 자란 안나의 손톱 정도나 될까 싶을 만큼 작았다. 손톱보다 작은 사람들이 구축한 세계를 내려다보면서 안나와 남자는 전혀 다른 제목을 붙였다. 안나는 결혼식일 거라고 말했고, 남자는 전쟁 중인 것으로 보인다고 했다. 그들의 세계는 몹시 축약되어 있어서 결혼식 같기도 했고 전쟁 같기도 했다. 두 사람은 여러 가능성으로 해석되는 장면들이 얼마나 매력적인지를 직접 경험했다. 그날 박물관 근처에서 저녁을 함께 먹으면서도 내내 결혼식인가 전쟁인가를 두고 신나게 말과 말을 포갰으니까.

대화가 끊이지 않고 꼬리에 꼬리를 물듯 이어졌기 때문에 그들은 다음 날 새벽 다섯 시에 다시 만날 수 있었다. 남자가 안나의 호텔 앞으로 왔을 때 안나는 캐리어를 남자의 차에 싣고 올라탔다. 그들은 페기스코브를 향해 달렸다. 아득하고 고요한 만에 있는 오래된 등대를 보기 위해서. 안나의 계획에는 없던 곳이었으나 바로 전날 만난 동행 때문에 가능해진 덤이었다. 안개가 자욱한 도로는 공항에서 멀어지는 쪽으로 뻗어 있었다. 그들은 핼리팩스공항에서 오후 네 시에 출발하는 비행기를 탈 예정이었다. 귀국 일정이 같다는 게 두 사람을 살짝 들뜨게 했지만, 그건 놀라운 우연이라기보다는 당연한 흐름 쪽에 더 가까울 수도 있었다. 주말 안에 귀국해야 하는 사람들은 대부분 토요일 오전에 핼리팩스를 출발하는 여정을 택할 테니. 안나와 남자 역시 그들 중 하나였다.

"어쩌면 우연도 당연도 모두 아닐 수도 있고." 안나가 말했다. 남자가 자신과 더 오래 있기 위해 비행기 스케줄을 조정한 것이 아닌가, 하는 의심이었다. 그렇지 않고서야 핼리팩스에서 토론토까지, 토론토에서 인천까지, 그 두 번의 비행이 어떻게 편명까지 똑같을 수가 있을까. 그런 의심이 든다고 말하는 게 안나 입장에서는 전혀 어렵지 않았다. 상대가 자신의 의심을 유쾌하게 받아들일 거라는 느낌이 있어서였다. 그렇게까지 당신에게 반한 건 아니라고 말했던 남자는 축축한 새벽 도로를 달리는 동안 '만약'이라는 말을 자주 했다. 만약 어제 안나를 본 뒤 그날 저녁에 바로 귀국하는 스케줄이었다면 어떻게든 뒤로 미뤘을 거라고. 만약 일주일 후에 귀국하는 스케줄이었다면 안나를 공항까지 바래다주는 길, 얼떨결에 같이 한국으로 갔을 거라고. "얼떨결에?" 안나가 되묻자 남자는 그 말을 좋아한다고 했다. 세상에서 제일 무서운 말이라고. 꽤 많은 만약과 얼떨결 사이를 통과해 한 대의 차 안에 나란히 앉은 그들은 구불구불한 길을 멈추지 않고 달려 페기스코브에 닿았다. 빛이 바랜 것처럼 연약한 색감의 동네에 새하얀 등대가 야무지게 서 있었다. 퇴역 등대의 렌즈 앞에서 마주쳤던 그들은 이제 현역 등대의 발치에 나란히 앉았다. 길 끝에서 만난 등대는 꼭, 숨어 있다가 마지막에 나타난 퍼즐 조각 같았다.

그들은 오후 한 시쯤 공항에 도착해 차를 반납하고 발권 창구로 갔다. 그러나 그들이 핼리팩스를 떠나려고 할 때 모든 것이 멈췄다. 공항 입구에 들어서자마자 누군가가 모니터를 보며 모든 게 다운되었다고 말하는 걸 들어야 했고, 정말 그랬다. 발

권도 짐 부치기도 모두 전산 시스템을 통하지 않고는 불가능했으니 기다려야 했다. 기다리는 동안 항공사에서는 팀호턴스 커피와 빵을 나눠주었다.

세 시간이 흐른 후 모든 비행기가 다시 하나씩 떠올랐고, 안나와 남자는 복도를 사이에 두고 나란히 앉게 되었다. 안나는 자리에 앉자마자 눈을 감았고 반짝 잠이 들었는데, 눈을 뜬 다음에도 아직 비행기가 활주로에 있다는 사실을 알고 황당해했다. 남자는 토론토 공항에서 연결편을 타지 못하면 어떻게 되는지 승무원에게 묻고 있었다. 승무원은 어떻게든 연결해주니 걱정할 것 없다고 말했지만 그들은 연착 속에서 연결편을 놓쳤고 어떤 시스템에서도 완전히 잊힌 듯했다. 토론토 공항에는 그런 사람이 아주 많았다. 결국 안나와 남자는 토론토 공항의 13번 창구 앞에서 노숙을 하게 됐는데, 그때 공항의 풍경이 꼭 전날 본 디오라마 같았다. 두 사람 중 누가 먼저였는지는 몰라도 한 사람이 말하자 다른 한 사람이 동의했다. 이름도 모르지만 같은 처지인 사람들이 공항 바닥에 눕거나 선 채로, 담요를 가진 자와 그렇지 않은 자로 나뉘어서 손에 쥔 번호가 불리기를, 그래서 상담 창구로 갈 수 있기만을 기다리고 있었다. 어떤 사람은 달려가다 넘어진 상태 그대로 코를 골며 자고 있었고, 담요나 피자, 도넛과 같은 항공사의 지원 물품은 너무 조용히 다가왔다가 금세 사라졌다. 몇 시간 전까지만 해도 검색대 직원이 우아하다고 말했던, 안나의 드레스는 형편없이 구겨져 있었다. 항공사는 날씨 탓을 했지만 하늘이 너무도 고요하게 맑았기 때문에 누구도 믿지 않았다. 고된 밤이었으나 안나에게 아주 최악만은 아니었다. 안나는 지금 눈앞에 펼쳐진 풍경이 그 디오라마의 새로운 해석이라는 점에 매력을 느끼고 있었다.

안나가 서른여섯 살에 떠났던 그 캐나다 여행은 이전의 것들과 분명히 달랐다. 안나는 여행에서 돌아온 다음 '도서관 런웨이'라는 인스타그램 계정을 만들었고, 일주일에 한두 번 사진이나 영상을 올리기 시작했다. 도서관이나 서점의 높고 긴 서가를 배경 삼아 안나가 걷는 장면들이었다. 걷다가 안나의 시선이 닿았거나 안나의 손이 집어든 책의 제목들은 경쾌한 타자기 소리와 함께 화면에 입력되었다. 사람들은 서가를 걸을 때 안나가 무슨 생각을 하는지 궁금해했다. 걷는 속도가 매번 조금씩 다른 데에는 이유가 있는지, 안나가 왜 그 책을 집어 들었는지, 지금 입고 있는 건 무엇인지, 무엇을 발랐는지, 무엇을 걸쳤는지에 대해서도 관심이 많았다. 그러나 역시 가장 궁금해하는 것은 도서관에서 걷는 걸 왜 즐기는지, 였다. 안나는 도서관에서 만난 우연을 좋아한다고, 그래서 이곳에서 걷는다고 대답했지만 안나가 우연을 믿지 않는다는 걸 나는 너무 잘 알고 있었다.

공항 노숙을 함께 했던 남자와는 여행이 끝난 후에도 계속 만났다. 안나는 속초에 살았고 그는 서울에 살았다. 가까운 거리는 아니었지만 그들은 주말마다 만났다. 1년쯤 후에 안나가 서울 본사로 발령을 받아 이사를 오게 됐고 그들은 이제 매일 만날 수 있게 되었다. 안나가 여행사에서 근무한다는 사실을 알고 그는 조금 황당해했는데 여행사 직원이라고 해서 모든 항공 상황을 통제할 수 있는 건 아니었다. 게다가 매해 여름, 여행 업계의 최대 성수기를 피해서 겨우 확보한 2주간의 휴가는 안나를 오히려 수동적으로 만들었다. 야무지게 휴가 스케줄을 구성하는 이들도 있었지만 안나가 준비한 건 항공권이 전부였다. 그리고 어떤 도시에 가든 도서관을 꼭 방문했다.

자연스레 안나의 데이트는 도서관을 끼고 이루어졌다. 그들은 서울의 남산도서관에서 만났고 부산의 다대도서관에서도 만났다. 교토부립도서관과 방콕의 넬슨헤이즈도서관, 뉴욕공립도서관까지 함께 다녔다. 안나가 걸어오는 모습을 휴대폰에 담는, 안나의 맞은편에 서 있던 사람이 그였다. 그는 버려진 박물관을 도서관으로 재탄생시킨 건물에서 안나에게 프로포즈했다.

그들은 신혼집을 일산 초입에 얻었고 작년 봄에 결혼할 계획이었다. 예기치 않은 코로나가 터졌고, 안나 역시 결혼식을 연기할 것인지 소규모로 할 것인지 여행을 취소할 것인지 말 것인지 빠르게 결정해야 했다. 결국 봄에서 여름으로, 한 차례 결혼식을 연기했는데 그렇게 미룬 날짜가 다가오기 직전에 거리두기 지침이 격상되었다. 결혼식을

생략하고 신혼여행은 뒤로 미룬 채, 그들은 신혼
집에 들어갔다. 이미 들여놓은 가구가 너무 낡아
버리기 전에 그들은 함께 살기로 했다. 안나의 책
상 위에는 스페인 파라도르를 상징하는 로고 P가
찍힌 숙박 바우처가 있었으나 그 또한 유예된 채
서랍 안으로 들어갔다. 이제 그건 파라도르가 아
니라 주차 안내 표시처럼 보였다. 모든 이동을 잠
시 멈추라고 말하는 것 같았다.

결혼식만 멈춘 게 아니었다. 코로나로 인해 조
기 퇴역한 비행기들의 소식이 종종 들려왔다. 비
행기의 일등석 좌석을 떼어내 전혀 다른 용도로
판매하거나 몸체 일부가 전기차 등 전혀 다른 제
조업체로 넘어가는 식으로, 어떤 기억들은 한 시
대의 종말을 고하고 있었다. 안나는 무급 휴가를
받았고, 몇 달 후 회사에서 대규모 인원 감축을 할
때 퇴직자 명단에 포함되었다. 6개월 치 급여에 해
당하는 금액을 위로금으로 받고 안나는 속초에서
서울까지 위치를 옮겨가며 10년 가까이 일했던 회
사를 떠났다.

도서관 런웨이를 담아온 안나의 인스타그램도 오래 멈췄다. 코로나 이후 국외는 물론이고 국내에서도 도서관 방문에 제약이 있었다. 많은 도서관이 코로나로 인한 휴관을 했고 그동안 안나의 도서관 런웨이도 멈춰야 했다. 양평의 어린이 도서관 이후로 거의 네 달 만에 올라온 새 게시물은 바닥에 책 하나가 놓인 풍경이었다. 전면과 후면을 모두 바닥에 딱 붙인 채여서 마치 반도네온처럼 보이는 모양새였다. 안나는 이렇게 기록해두었다.

"내가 보던 책이 보드라운 머릿결을 가진 아이처럼 웅크리고 있다! #AS안심결혼보험."

펼쳐진 책은 도서관에서 빌려온 것이었다. 안나네 동네 도서관이 몇 달 만에 문을 연 날, 안나는 청구기호 300번대부터 800번대 서가까지 질서 없이 걸으며 눈에 닿는 책들의 이름을 읽었지만 어디서도 사진 찍을 엄두는 내지 못했다. 이용객들은 발열 체크와 QR 체크를 모두 한 후에 조심스럽게 입장할 수 있었고, 이런 분위기 속에서 도서관 내부를 필요 이상으로 오가는 건 눈치가 보였다. 열람실 내의 의자들도 비닐로 밀봉된 상태였다.

미처 관리되지 못한 의자에 앉을라치면 사서가 다가와서 미안한 듯, 그러나 분명하게 자리에 앉는 것은 불가능하다고 말했다. 원하는 책을 찾은 후 대여해서 나가는 것만 가능했다. 게다가 단축 운영이었다. 토요일 오후 두 시가 되기 조금 전, 안나가 '결혼' 코너 앞에 서 있을 때 사서가 다가와 5분 후 도서관 운영이 종료된다고 말했다. 안나는 방금 들고 있던 책을 포함해서 모두 세 권을 챙겨 무인 대출기 앞으로 갔다. 서둘러 대출하려는 사람들이 긴 줄을 이루고 서 있었다. 사서가 다가와 안나에게 더 뒤로 가라고 말했고, 안나의 뒷사람에게도 같은 말을 했다. 서가 책들의 간격에 너무 익숙해진 탓인지 마음이 급해서인지 사람들 간격이 자꾸 좁아졌다.

세 권 중의 하나가 보험약관집이란 것을 안나는 그때까지 알지 못했다. 책은 그저 짙은 파란색의 양장본이었고, 아마도 북 재킷이 있었겠지만 도서관에 등록될 때 책들은 외투를 벗어야 했다. 외투를 한 겹 벗은 책의 전면에도 측면에도 제목은 적혀 있지 않았다. 책을 몇 장 넘겨야 'AS안심결혼보험약관집'이라는 글자를 발견할 수 있었는데 그게 제목이라고 생각하기도 쉽지 않은 모양새였다. 그보다 더 굵고 큰 글씨로 적힌 문장이 제목으로 오해되기 쉬웠고, 그래서 책은 이런 정보를 입게 됐다.

도서 제목 : 지속 가능한 결혼생활을 위한 지침서
저자 : A. S.
출판사 : 손해보

며칠 후 안나는 자신이 자전거 앞 바구니에 가뿐하게 넣어 가지고 온 그 책 『지속 가능한 결혼생활을 위한 지침서』가 어느 온라인 카페에서 80만 원에 거래된 적이 있다는 걸 알게 됐다. 아직 책을 제대로 읽기 전이었고 그저 뭔가 좀 수상해서 제목을 검색하다가 알게 된 정보였다. 안나가 알고 있던, 도서관이 부여한 제목은 사실 그 책의 원래 제목이 아니었다. 이 책은 AS손해보험회사에서 만든 보험약관집이었던 것이다. 누구도 이 책을 보험약관집이라 생각하지는 못할 거라고 안나는 말했다. 무려 683페이지나 되는 양장본인 데다가, 회화나 조각 작품의 이미지가 군데군데 삽입되어 있었다. 전체는 열다섯 개의 소제목으로 구성되었다.

— 명복을 빕니다

— 예단예물

— 신랑신부는 수업을 받지 않는다

— 우리 그냥 사랑하게 해주세요

— 결혼은 모험이 아니라 보험

— 갑오경장 이후로 이런 일은

— 그건 보험약관에도 안 나오는 겁니다

— DNA도 환불이 됩니까

— 웨이백 또는 페이백

— 개구리네요

— 2050에도 촌스럽지 않으려면

......

익살스러운 소제목과 그 사이사이에 들어간 삽화를 보면 이 책을 그림 에세이로 착각할 법도 했다. 이것이 특정 상품을 계약해야 받을 수 있는 보험약관집이라는 사실은 적어도 50페이지 넘게 읽어야만 알 수 있었다. 그것도 눈치가 빠른 이들에게나 그랬고 어떤 사람들은 100페이지를 넘어가도 이게 에세이집이라고 믿을 가능성이 있었다. 실질적인 보험상품에 대한 안내는 책의 후반부에 등장하기 시작하니까.

이 책은 안나가 흥미롭게 읽기 시작한 거의 최초의 보험약관이 되었다. 많은 사람들이 비슷할 것이다. 보험회사 소속인 나조차도 보험약관집을 꼼꼼하게 읽어본 적이 없으니. 심지어 보험약관집은 잘 버려지기도 한다. 보험상품이 갱신될 때, 혹은 이사와 결혼, 독립 등의 계기로 버려지는데 그러고도 그게 없어진 줄 모르는 경우가 허다하다. 보험회사 홈페이지에 가면 언제든 PDF 형태의 보험증서를 다운받을 수 있으니 그거면 충분하다고 여길지도 모르지만, 사실 보험증서를 자주 펼쳐 보지 않아도 그걸 갖고 있는 건 중요하다. 보험회사가 인수합병되거나 파산하는 경우가 있고, 그럴 때 나와 당시 보험회사 간의 계약을 입증해줄 수 있는 건 활자화된 보험증서뿐이니까. 흔한 일은 아닌 듯하지만, 실제로 보험증서의 몇몇 문구가 교묘하게 바뀐 경우가 있는데 증서가 없다면 그걸 증명할 길도 없어지는 것이다. 모든 보험 계약자는 그 보험상품에 대해 아는 사람이 지구상에 나 하나가 될 수도 있다는 걸 알아둘 필요가 있다.

글로벌 보험사의 교육부에서 10년째 근무 중이었지만, 내 업무는 대부분 교재 번역이어서 안나가 기대하는 것만큼 명확한 답변을 해줄 수가 없었다. 안심결혼보험? 그것에 대해서라면 나보다 안나가 아는 것이 훨씬 많았다. 내가 안나에게 해줄 수 있는 말은 고객 입장에서는 보험사가 망하든 아니든 큰 차이를 느끼지 못할 확률이 높다는 것 정도였다. 보험 계약은 다른 보험사로 이관될 테고, 고객이 보험증서만 제대로 가지고 있다면 약속이 사라지거나 훼손될 확률도 적다. 보험사에서는 어차피 잡은 물고기에게 먹이를 계속 주지 않으니까. 신규 고객이 중요한 거지 기존 고객에게 더 공을 들이진 않는다.

안심결혼보험은 2012년에 출시되었다가 2018년

부터 신규 가입이 중단된 상품이다. 그 보험을 팔던 AS손해보험사가 2018년에 파산했기 때문이다. 인수합병 등을 통해 사명이 바뀌는 경우를 보긴 했어도, 한국에서 보험사가 완전히 망하는 경우는 흔한 게 아니었다. IMF를 통과하면서도 파산한 보험사가 한 군데도 없었는데 그 이후 드물게 몇 건의 보험사 파산이 있었고, 그중 한 곳이 AS손해보험사였다. 안심결혼보험을 포함해서 AS손해보험이 보유하고 있던 계약들은 네 개 보험사로 흩어져 이전되었다. 아마 그래서 더 보험약관집이 절실해졌을 것이다. 안나는 인터넷에서 이런 글을 두세 차례 발견했다.

'변호사가 책자를 구해오라고 하는데 보험회사가 망했어요. 이 약관집이 몇 번 바뀌었는데 저한테 해당하는 게 하필 없대요. 가지고 계신 분 없나요? 제가 무조건 삽니다.'

안나는 안심결혼보험의 이름을 해시태그로 걸고 인스타그램에 올렸다. 그리고 하루가 채 지나기 전에 여덟 건의 DM을 받았다. 모두 그 결혼보험약관집을 자신에게 팔 수 없겠냐고 묻는 내용이었다. 그중에 한 사람이 가장 진지해 보였는데 이 책을 찾아 웬만한 헌책방에 다 연락한 적이 있다고 했다. 원하는 가격을 알려주면 좋겠다고 하기에 안나는 100만 원을 불렀다.

"100만 원이라고 하니까 답이 없더라. 그래서 그런가 보다, 하고 있었는데 만나서 직접 거래해도 되느냐고 묻더라고. 계약금 일부를 미리 부치겠다면서. 자기가 지난번에 사기를 당해서 선불로 다 입금하기가 조심스럽다는 거야."

"그래서?"

"사실은 이 사람이 정말 이걸 100만 원 주고 산다고 하니까 더 부를 걸 그랬나 싶기도 하더라고. 누가 120을 부르기도 했고."

거기까지 듣던 나는 새삼스러운 사실 하나, 그러나 명확한 사실 하나를 떠올리지 않을 수가 없었다. 이 보험약관집은 안나의 것이 아니라는 사실. 안나는 마치 그걸 잊은 것처럼 흥정 중인 것이다. 노련한 경매사가 된 것처럼. 나는 안나가 이 상황을 즐기고 있다고 생각했다. 안나는 무언가에 흥미를 느끼면 세부 단계랄 것도 없이 급속도로 빠져드는 경향이 있었고, 늘 성격이 급했다.

대학 시절, 우리가 서로의 룸메이트였을 때 안나가 긴 머리카락을 말리는 데 헤어드라이어 두 개를 동시에 쓴다는 걸 알고 나는 신선한 충격을 받았다. 가끔 미용사들이 헤어드라이어 두 개를 한 손으로 겹쳐 잡고 내 머리카락을 말려주던 경험은 있었지만 실제로 미용사가 아닌 누군가가 헤어드라이어 두 개를 동시에 쓰는 건 본 적이 없었다. 같이 사는 동안 설거지는 안나의 몫이었는데 정말 빠르게 해치웠기 때문에 내가 좀 미덥지 못해 했던 기억이 있다. 나는 빨래 담당이었는데, 가끔 보면 널어놓은 빨랫감 중에 몇 개가 비어 있었다. 안나가 덜 마른 청바지나 티셔츠를 그새 걷어 입은 거였다. 덜 마른 걸 입고 나가면 걸레 냄새가 날 거라고 했지만 안나는 만져보라면서 다 말랐다고 우기곤 했다. 그래도 축축하면 "나머지는 내 체온으로 말려줄 거야."라고 말했다. 어느 순간부터 안나의 별명은 반건조 오징어가 되었다. 꾸덕꾸덕한 옷을 좋아하는 것처럼 보일 정도로 덜 마른 빨래를 입었기 때문이다. 내 말은, 그만큼 안나가 성격이 급했다는 것이다.

그런 안나가 자물쇠 달린 가방을 갖고 다니는 건 좀 재미있는 일이 아닐 수 없었다. 안나는 백팩을 즐겨 맸는데 뛰다 보면 어느새 가방 지퍼가 슬그머니 열리는 경우가 많았고, 그걸 방지하기 위해 자물쇠를 걸거나 애초에 자물쇠가 달린 가방을 사곤 했다. 성격 급한 안나가 가방의 자물쇠 번호를 하나하나 누르고 있는 걸 볼 때면 여간 웃긴 게 아니었는데, 안나 인생에서 몇 안 되는, 박자가 조금 느려지는 순간이 아닌가 싶어서였다. 아니, 비가 오는지 아닌지 가늠할 때도 그랬다. 비가 내리고 있는 것인지 아닌지를 알기 위해 눈을 가늘게 뜨고 허공을 보며 집중할 때면 안나는 아주 고요해졌다. 미세한 주파수를 온몸으로 잡아두는 것처럼 보였다. 그래서인지 내가 아는 사람 중에 가장 빨리 비가 오는 것을 알아챘다. 안나가 "비가 오네."라고 말하고 나면 모두 웃었지만 얼마 후 우리는 정말 한 방울 두 방울 젖게 됐다.

자물쇠 달린 가방을 요즘도 쓰는지는 모르겠다. 쓴다면 번호가 여전히 그대로인지도 모르겠다. 당시 가방 번호는 네 자리일 경우 늘 0070이었다. 세 자리인 경우에는 007. 안나의 요청으로 가방을 열고 무언가를 꺼내 확인해준 적이 몇 번이나 있었기 때문에, 그리고 우리가 함께 살 때 집 비번도 그거였기 때문에 여전히 번호를 기억한다.

안나와 나는 대학 2학년 때 1년간 같이 살았고 그 이후로는 점점 멀어졌다. 같은 문으로 들어가 같은 스위치를 눌러 불을 켜거나 끄고 같은 변기를 썼던 그 시절로부터 끝없이 독립하려는 사람들처럼 우리는 뒷걸음질을 쳤다. 스물한 살 때 만나서 마흔 살이 되는 지금까지, 우리는 서로에 대해 연대기적으로 꾸준히 서술해줄 수 있는 사이는 아니었다. 어느 시기에는 많이 뭉쳐 있고 어느 시기에는 또 완전히 공백상태인 그런 관계랄까. 물론 공백이 훨씬 길었다. 동기 모임 등을 통해 만나면 한 달쯤 점심 뭐 먹었는지까지 신나게 이야기하고 전시회에 같이 가다가 어느 순간 다시 관계의 공백이 이어지는 패턴을 반복했다.

안나는 대학 졸업 후 서울의 큰 여행사에 취직해 일하다가 서른 살부터 강원도 속초시로 가서 살았다. 대학 동기들 사이에서는 안나가 서핑에 빠져서 강원도로 갔다는 이야기가 들렸지만 실제 안나는 서핑을 배울 생각조차 하지 않았다. 서울에서나 속초에서나 여행사 업무는 비슷했다. 안나가 다시 서울로 터전을 옮기고 동기 모임에 나온 이후 우리는 또 성실하게 안부를 주고받는 사이가 되었다가 다시 또 드문드문해졌다.

지난해 초 대학 동기 모임에 나온 안나는 신혼집을 일산에 구했다는 이야기를 했다. 서른아홉 살, 동기 중에는 결혼을 한 번도 하지 않은 사람이 절반이었고 나도 거기에 속했다. 다음 모임은 겸사겸사 안나의 결혼식에서 하면 되겠다는 이야기가 오갔다. 그날 나는 꽤 오랜만에 안나와 한 테이블에 마주 앉았는데, 하필이면 안주로 반건조 오징어가 등장해서 와르르 무장해제되고 말았다. 안나는 반건조 오징어, 나는 건조 오징어. 내가 안나를 "야, 반건." 하고 부르면 안나는 나를 "야, 왕건." 하고 불렀다. 운율을 맞추기 위해 '왕'을 붙였다고 설명하면서.

안나는 남편과 어떻게 만났는지를 얘기해주었

다. 안나는 대체로 말이 빨랐지만, 남편 될 사람의 이야기를 할 때는 자물쇠를 열려고 하거나 비가 오는지 가늠할 때처럼 말을 고르고 아끼느라 속도가 느려졌다. 마치 물과 꿈속을 유영하는 것처럼 느리게. 나는 그렇게 핼리팩스에서의 첫 만남에 대해 들었다.

우리는 패밀리레스토랑에서 나와 호프집으로 가던 무리에서 빠져나와 지하철역까지 함께 걸었다. 안나가 졸업여행 이야기를 꺼냈다. 대학 때 우리 과 졸업 동기들은 대만으로 여행을 갔고, 거기서 몇 사람씩 팀을 이뤄 천등을 날렸다. 그때 안나와 나는 서로에 대해 아주 담백한 상태였는데 한 팀으로 묶였고, 서로의 소원을 대신 적어주는 이벤트를 해야 했다. 천등에 적어 넣는 소원 같은 건 시간이 지난다고 해서 크게 변하지 않았다. 안나는 내 소원 세 가지를 정확히 기억해냈다. 나 역시 그랬다. 내가 안나의 소원을 써줬을 때 안나는 디테일에 감탄했다.

"나 아직도 외우고 있다. 직계혈족과 3촌 이내의 방계혈족이 뇌출혈, 심혈관계질환과 암, 치매

등 치명적 질환, 중증질환에 걸리지 않도록, 이거였어."

"소원이 구체적이어야 접수처에서도 빠른 처리를 해주지 않을까 싶어서. 그런데 돌아보면 그 문장에 헐렁한 구멍이 많아. '뇌출혈' 말고 '뇌졸중'으로 적어야 그 소원이 포함할 수 있는 범위가 늘어나는 건데. '치명적 질환'이니 '중증'이니 하는 것도 허술하고."

"네가 쓴 걸 보고 내가 그동안 얼마나 방만한 태도로 소원을 빌었는지 반성했다니까. 이젠 보름달을 보거나 별똥별을 만나도 보험약관처럼 소원을 빈다고. 너처럼."

"그때 천등이 불타거나 추락하지 않는지 끝까지 올라가는지 확인했던 거 생생해."

"끝까지? 끝이 어딘데?"

"우리 시야에 한해서지, 뭐."

시야 밖의 일은 알 수가 없으니. 천등은 그렇게 하늘로 올라가다가 어느 지점에서 추락했을 것이다. 일부는 찢어지고 일부는 터지고 일부는 타버렸을 것이다. 그리고 결국엔 모두 쓰레기가 되었을 것이다. 우리는 지하철역 플랫폼 위에서 여유롭게 인사했다. 코로나가 대유행하기 직전의 모임이었다. 봄이 지나가도록 안나는 청첩장을 돌리지 못했고, 친구들은 안나가 결혼식을 생략한다는 말을 들었을 때 축의금만 전달했다. 코로나가 끝나면 밥이나 먹자는 이야기가 오갔다. 그 이후 단톡방도 오래 멈춰 있었다.

그러다 6월 초, 내가 안나의 제안에 따라 줌에 접속했을 때 모니터에는 우리 둘만이 있었다. 당연히 친구들 여럿이 모일 거라고 생각했기 때문에 나는 좀 놀랐다. 안나에게서 불쑥 문자메시지가 올 때가 있기도 했지만 메시지에 답을 할 때 쓰는 에너지의 양과 화상 대화로 표정을 들키면서 쓰는 에너지의 양은 달랐다. 매번 이런 식으로 에너지를 계산하진 않지만 솔직히 안나에게 그리 많은 에너지를 쓸 만큼 여유롭진 않았다.

"요즘 이런 게 유행이라잖아. 오랜만에 소꿉놀이하는 기분이 들어 색다르고 좋다." 안나는 그렇게 말했다. 내가 두 명이라면 그냥 영상통화를 해

34

도 되었던 게 아니냐고 하자 진심으로 놀란 것처럼 보이기도 했다. "그러네, 둘인데 그냥 영상통화해도 됐던 거네!" 그러고는 내게 아주 자주 통화한 사람처럼 물었다. "퇴근하고 저녁은 먹은 거야?"

"오늘은 재택근무라서 아까 떡만둣국 끓였어. 내일은 출근인데 야근해야 할 듯. 너는?"

"야, 역시 보험사랑 여행사는 다르네. 야근할 정도로 일이 많은 거잖아."

"너는 저녁 먹었어?"

"나는 퇴직하고 먹었지."

너스레도 여전했다. 퇴직한 지가 언젠데 계속 그 얘기를 하느냐고 말하려다가 문득 우리가 같이 살 때 안나가 끓였던 떡만둣국이 떠올라서 나는 피식 웃었다. 성격 급한 안나가 떡만둣국을 끓이려다가 방습제까지 같이 넣고 끓였고, 그걸 둘이서 경쟁하듯, 싹싹 긁어먹은 기억이 나서.

"떡만둣국이 중요한 게 아니야, 지금. 나 어떻게할까? 이 책을 어떻게 해야 해, 정말 만나서 팔아?"

이미 마음을 정해놓고서 누가 동조해주길 바라는 버릇도 여전했다.

"도서관은 그 도시의 문화 견적을 보여준다며?"

내 말에 안나는 "물론이지"라고 했다.

"이용객이 책 반납을 안 하고 개인적으로 파는 문화는 뭐가 되는 거야, 그럼?"

"책을 본의 아니게 잃어버리기도 하잖아. 그런 경우에 다 취하는 절차가 있어. 절차대로 할 거야."

"본의 아니게?"

"솔직히 이 책은 도서관에 잘못 흘러 들어간 거라고. 그대로 둬봤자, 도서관 책장이 붐빌 때 구조조정 대상이 될 게 뻔하지. 아무도 이 책의 가치를 살리지 못하는 거야, 그럼. 그걸 지금 우리가 도울 수 있어."

"우리가? 어우, 반건! 제발 우리라는 말 좀 하지 말아줄래?"

그렇게 말해도 안나는 꿋꿋하게 '우리'라고 했다. 우리는 준비한 잔을 두 개씩 들었다. 나는 화이트와인을 두 잔에 나눠 따랐다. 우리는 모두 네 개의 손으로, 네 개의 잔을 가볍게 부딪쳤다. 청량한 소리가 났다. 건배할 때 경쾌한 소리를 내기 위해서 각자 잔까지 두 개씩 치밀하게 준비한 것이다.

나중에서야 안나가 자기 잔에 있는 것은 술이 아니라 물이라고 했기 때문에 나는 배신감을 좀 느꼈다. 안나는 술을 마시면 잠들기가 더 어렵다고 했다.

"비 오는 거 같은데."

안나는 잠시 화면 밖으로 사라졌다가 다시 돌아와서는 내 쪽에 비가 오는 게 아니냐고 물었다. 인식도 못 하고 있었는데 베란다 창으로 이미 비가 들어오고 있었다. 안나가 우리 집 빗소리를 먼저 알아챘다. 나는 서울 동부에 혼자 살았고, 안나는 경기 북부에 둘이 살았다. 두 지점을 한 번에 잇는 버스나 지하철 노선은 없었다. 우리 사이에는 한 번 이상의 환승과 한 시간 40분의 거리가 있었다. 안나가 말했다.

"너희 집 몇 층이야?"

"2층."

"그래서 다르구나. 2층 빗소리랑 9층 빗소리랑 다르다. 너희 집 빗소리는 꼭 장작 타는 소리 같아. 모닥불 소리. 우리 집 빗소리도 들려?"

나는 조용히 귀를 기울여보았다. 안나가 있는

곳의 빗소리가 들렸다. 빗소리가 점점 커졌다. 정말 점점 커졌다. 천둥소리까지 들렸다. "와, 거기 진짜 비 많이 오네!" 했더니 안나는 깔깔거리며 다시 빗소리를 줄였다. 그게 가능했다. 안나가 틀어둔 건 「Walking in the Rain in Toronto」로 토론토의 빗소리가 녹음된 거였으니까. 도로 소음이나 비 오는 소리를 들으면 몸의 절반 정도는 이미 그곳으로 흡수되는 느낌이라고, 안나는 말했다. 요즘에는 토론토 빗소리를 많이 듣는다고.

"뭐야, 공항 노숙의 추억이야?"

안나는 가볍게 웃고는 "13번 창구의 추억? 그 추억이라면 이 노래를 들어야지." 했다. 그러고서 라세 린드의 「Run to You」라는 노래를 틀어주었다. 나는 그 노래가 끝날 때까지 조용히 있는 안나를 따라 잠자코 기다렸다. 노래는 안나가 들었고, 나는 그저 안나를 기다렸다. 안나는 토론토 공항 13번 창구 앞에서 남편과 함께 무한반복하며 듣던 노래라고 했다. 그러다 돌연 "요즘에는 우산을 펼칠 때마다 조금씩 놀라게 돼."라고 했다.

"가늘고 작았던 애들이 버튼 하나 누르면 갑자

기 공작새가 날개 펼치듯이 몸집을 부풀리잖아. 거기에 깜짝깜짝 놀라. 아무래도 소품을 가져와서 그런가봐."

"소품?"

"올 초에 협찬을 받은 적이 있었거든. 인플루언서 몇 명이 함께한 건데 거기 나를 껴주는 게 신기하더라. 그 정도는 아닌데. 아무튼. 어느 카페의 협찬이었어. 나에게 공간을 내주고, 나는 걷기만 하면 된다고. 책도 받고, 케이크도 먹고 그랬지."

"봤던 것 같아. 네 인스타그램에서. 그날 파란 옷 입었지?"

"응. 카페에 앉아서 케이크 앞에 두고 사진도 찍고 했는데, 촬영 후에 내가 그걸 마저 먹으려고 하니까 PD가 그러더라, 그거 다 먹으면 탈 나요, 소품은 다 먹는 거 아니에요. 그래서 내가 말했지, 설마요. PD가 대답했고. 진짜요. 내가 또 물었어. 어차피 남는 건데 버리는 거 아깝잖아요. PD는 그런 얘기들이 예전부터 있었다면서, 예를 들어 가구 광고 찍고 거기 쓰인 의자 하나라도 집에 가져가면 이혼한다는 말이 있다는 거야. 화장품 소품으로 열린 거 쓰면 피부 뒤집히고, 뭐 그렇다면서. 나는 그런 이야기는 처음 들었는데 그분이 진지해서 나름대로 재미있었어. 인상적이었나봐. 그날 집에 와서야 알았지. 소품으로 쓰인 우산을 내가 쓰고 왔다는 걸."

"네 우산은 어쩌고?"

"나는 없었어. 비가 갑자기 왔거든. 카페 서가를 따라 걷는 장면을 통유리 안에서도 찍고 밖에서도 찍었는데, 밖에서 찍을 때 카페 주인이 우산을 빌려줬어. 투명한 비닐우산이었는데, 나는 그렇게 큰 비닐우산은 처음 봤어. 보통 비닐우산은 좀 자그마하단 말이지. 아무튼."

"그걸 쓰고 나온 거야?"

"응, 비가 그칠 것 같지 않으니까, 그 우산을 그대로 쓰고 가라고 하더라고."

우산을 받은 사람은 안나만이 아니었다. 안나는 그날 촬영에서 알게 된 다른 사람과 함께 카페 측에서 빌려준 우산을 하나씩 손에 쥐고 거리로 나섰다. 그 우산은 아무 곳에나 세워두면 집이 될 만큼 정교하고 튼튼한 것이어서, 안나는 우산을 펼치며 옆에 있는 사람에게 이렇게 말했다. "이 우산은 가져도 되는 걸까요?"

"그럼 이걸 돌려주려고 다시 올 거예요?" 옆 사람이 말했고.

안나도 "그러게요." 하고는 웃었다. 그리고 두 개의 우산이 마치 카메라 플래쉬를 터뜨릴 때처럼 팟, 하고 펼쳐졌다.

"그 우산 때문에, 그러니까 소품을 가져와서 이런 일이 벌어진 걸까?"

나는 그 우산이 소품은 아니지 않았냐고 말하려다가, 또 무슨 일이냐고 되물으려다가 모든 걸 관두었다. 한번 뭔가 찜찜하다고 여기기 시작하면 의심은 끝이 없고, 또 무슨 일이냐니 너무 답이 뻔한 질문 같아서였다. 안나는 구상했던 여행사 개업을 접어야 할지 말지를 고민 중이라고 했다. "당연히 접어야겠지?" 안나가 묻기에 나는 그렇지 않겠냐고 대답했을 뿐이다. 안나의 방에서는 토론 토 빗소리가 계속 들려오고 있었다. 나는 많이 피곤했지만 이제 대화를 마무리하자는 말을 할 수가 없었다. "아무튼" 혹은 "그래, 그럼 이제" 하면서 시도해보긴 했으나 그때마다 안나가 뭔가 할 말이 있는 사람처럼 느껴져서였다. 술을 마시고 나른해진 건 오히려 내 쪽인데도 안나가 좀 초조해 보인다고 느꼈다. 그래서 토론토 말고 너희 집 빗소리를 들어보라고, 지금은 전국적으로 비가 오고 있으니 굳이 토론토까지 소환하지 않아도 된다고, 그런 말을 했다. 안나는 아무 대답도 하지 않았다. 침묵이 아니라 창밖의 빗소리를 들려준 거였다. "들리지? 9층 빗소리는 너무 가벼워서 꼭 없는 것 같아."

안나와 나는 한 시간 8분 동안 만났다. 화면 속에서 안나와 내 모습이 사라진 후 나는 창문을 다시 조금 열었다. 6월 초 치고는 꽤 후텁지근했던 열기가 밖으로 이동했다. 이른 장마의 초입이었다. 그때부터 3주간 하루도 빼놓지 않고 비가 왔다. 그날의 대화를 훗날 몇 번이나 복기하게 될 거라고는, 당시엔 조금도 알지 못했다.

2

안나의 말처럼 코로나 시대의 보험사는 여행사와 조금 달랐다. 우리는 인력을 충원해야 할 정도로 일이 많았다. 그래도 여전히 회사에서 의자를 교체해준다는 이야기가 나왔을 때 동료들 중에서 그 의자를 실물이 아닌 상징적인 코드로 받아들이는 이들이 있었다.

내가 글로벌 보험회사 심프에 입사한 이후 그러니까 10년이 넘도록 의자를 회사 차원에서 교체해준 적은 없었다. 의자는 개인용품 취급을 받아서 필요한 사람들이 알아서 교체해야 했다. 책상은 좀 경우가 달라서 멀쩡한데도 회사에서 두 번이나 바꿔주었다. 큰 규모의 조직 변동이 있을 때마다 책상을 이리저리 옮겨가며 구획 정리를 할 수 있기 때문이다. 그에 비하면 의자는 옵션 같은 거였다.

입사 이래 나는 네 차례 보직 이동을 해야 했는데, 그중에 두 번은 아주 대대적인 구조 변경에 속했고 두 번 다 새로운 책상이 등장했다. 이번에는 아무런 조직 변동이 없는 데도 어쩐 일인지 의자를 교체해준다고 했다. 다만 전체적인 건 아니고 고장 난 의자들에 대해서만이라고. 솔직히 말하면 우리 팀에서 멀쩡한 의자는 거의 없었지만, 우리 팀 열 명의 신청 건은 한 건도 통과되지 못했다. 담당 부서에서 보내온 의자 교체 지침에는 이런 문장이 있었다.

"의자에 치명적인 결함이 있음이 증명되는 경우에 한해 교체 가능합니다."

정말 보험회사답지 않은가. 우리는 대체 어떤 것이 치명적인 결함에 속하느냐를 두고 떠들어댔는데, 일단 의자 바닥의 쿠션이 꺼지거나 등받이가 휘청거리는 정도로는 불가능했다. 내 의자의 경우에는 원하는 높낮이로 고정할 수가 없어서 가장 낮은 상태를 유지해야만 하는데도 치명적인 결함 판정을 받지 못했다. 팔걸이의 시트가 벗겨지거나 세월에 낡아진 인조가죽의 가루가 엄청나게 떨어지는 것도 마찬가지였다. 다만 의자 바퀴 다섯 개 중에 하나가 빠져서 의자가 균형을 잃은 경우는 치명적인 것으로 인정되었다. 의자에 앉았다가, 없는 바퀴 하나 때문에 몸이 중심을 잃고 넘어지거나 한다면 산재로 인정될 수도 있으니까. 그렇다고 일부러 멀쩡한 바퀴를 고장 내는 것도 참 어려운 일이었다. 팀장은 멀쩡한 바퀴 하나를 뽑아내려다가 그게 생각보다 쉽지 않다는 데 놀랐다. 내가 운 나쁘면 의자 교환도 못 받고 기물 파손죄로 걸릴 수 있을 거라고 말하자 그제야, 팀장은 단념했다.

나는 가장 낮은 높이의 의자에 앉아서 사무실로 걸려오는 전화를 받았다. 이 자리는 몇 달 전까지 마케팅 부서가 사용하던 곳이었고 그래서인지 자주 이벤트 담당자를 찾는 전화가 걸려오곤 했다. 마케팅 부서로 다시 전화를 돌려주면 그만이지만, 어떤 사람들은 전화가 연결되자마자 상대방이 누구인지 확인하지도 않고 다짜고짜 화를 냈다. 주로 이벤트, 사은품 등에 관한 문의(정확히는 불만)였다. 이를테면 우리 보험사의 마케팅 부서에서 전시회 입장권을 이벤트로 활용한 모양인데 입장권의 유효기한이 이미 지났음을 전시회에 도착해서야 알아챈 사람이 항의 전화를 걸어오는 식이다.

그 전화가 걸려오던 날에도 나는 이런 말을 하고 있었다. "입장권을 언제 받으셨는데요?"라거나 "혹시 저희 보험사에서 처음부터 유효기간이 지난 걸 드렸나요?" 같은 말. 아무리 "여기는 마케팅 부서가 아니고요."라든지 "고객 상담실로 전화를 돌려드리겠습니다."라고 말을 해도 상대방은 내가 전화를 끊지 않기를 원했다. 그렇게 격분한 사람들에게는 그럴 수밖에 없는 사정이 있을 거라고 나는 이해하려 애썼다. 그러니까 식구들을 다 데리고 교통지옥을 통과해서 미술관에 왔는데 입장권이 이미 생명을 잃은 거라니 얼마나 화가 나겠는가. 게다가 요즘은 코로나 때문에 외출에 대한 심적 부담도 클 때인데 말이다. 입장권을 뿌린 후 유효기간이 길지 않다는 주의 사항을 알려주는 걸 홀랑 잊어먹은 마케터들은 하필 다른 층으로 이사를 갔고, 전시회장에서는 혹여나 어디서 받은 이벤트 입장권이 있거든 유효기간이 끝나기 전에 빨리 이용하라는 말을 미리 해주는 걸 홀랑 잊어먹고, 그 전시회 속 화가들도 혹여나 이 전시회에 오려면 입장권 유효기간을 꼭 확인하라는 말을 하는 걸 홀랑 잊어먹고, 그러다 하필 이 사무실로 옮겨 온 내가 전화를 받게 된 것이다. 전화기 너머 상대방의 집요함과 나의 무심한 호기심이 좀 뒤섞여서 아무리 내가 담당이 아니라고 해도 상대방은 내 부서명과 직함에 대해 듣기 원하는 지경에 이르기도 한다. 내가 교재 개발하는 사람이라 전혀 다른 업무를 한다고 하면 상대방은 방향성 상실로 인해 잠시 휘청거린다. 몇 초간 분노가 유예된다고 해야 하나. 어찌 됐든 내가 할 수 있는 건 거기까지여서 나는 이제 그들의 전화를 고객 상담실로 돌리고, 그러면 그들은 진짜 담당자에게 조금 전보다 차분한 어조로 상황을 설명하게 되고 대부분은 입장권 교환에 성공하는 건지도 모른다.

이런 과정의 반복이 내게 몇 가지 의심을 품게

하는데, 이를테면 내가 애초에 진동 흡수용으로 이것과 저것 사이에 끼워진 부품이 아닐까 하는 것이다. 그러니까 이 의자의 중심축에 있는 스프링이나 댐퍼 같은 것. 그래서 남들보다 더 빨리 닳고 지치고 더 빨리 교체해야 하는 부품이 아닐까 하는 것. 언젠가 내가 팀장과의 면담이 있을 때 이런 이야기를 하자 팀장은 뜻밖의 말을 했다.

"스프링이나 댐퍼라고 해서 더 빨리 교체해야 되고 그런 건 아닌데. 그게 생각보다 잘 안 닳거든. 애초에 좀 강한 소재를 고르니까."

애초에 좀 강한 소재라……, 위안이 되는 말일 수도 있지만 그 말이 내 의심을 덜어준 건 아니었다. 다만 팀장은 자신이 스프링이나 댐퍼가 아니라고 믿는 것 같아서, 그래서 마치 '다 그런 시절이 있어요.' 하는 것 같아서 좀 웃겼다.

의자 등받이를 조금 더 뒤로 삐걱, 엉덩이 받침에도 더 힘을 줘서 삐걱, 힘을 싣고 있으니 또 전화가 걸려왔다. 나는 이미 상당히 지쳐 있는 상황이었는데, 이번에는 책상 위의 전화가 아니라 휴대폰이었다. 낯선 번호인데 전화를 건 상대가 내 이름을 알고 있었다.

전화를 걸어온 사람은 안나를 '언니'라고 부르는, 안나의 지인이었는데 목소리나 말투에서 이 전화가 얼마나 긴 고민과 망설임 끝에 걸려온 것인지 짐작할 수 있었다. 그녀는 안나와 너무 오래 연락이 닿지 않아서 걱정이 된다고 말했다. 약속을 일방적으로 취소한 후 이렇게 연락 두절이 된 지 2주가 넘는데 마음에 걸리는 게 있어서 내게 전화를 했다는 거였다. 혹시 안나와 가장 최근에 연락한 게 언제인지 묻기에 나는 지난번의 화상 대화를 떠올렸다. 그로부터 3주 정도가 흘렀고, 이후 연락을 더 주고받지 않았기 때문에 이 상황을 인지하지 못한 상태였다. 우리는 1년에 한 번 연락한다고 해도 그리 이상하지 않은 사이였는데 그걸 전화 건 상대방은 모르는 것 같았다. 게다가 상대방은 내게 이렇게 묻기까지 했다. "언니랑 친하신 거 맞죠?" 답할 틈을 오래 주지 않은 게 오히려 고마웠다. 그녀는 안나를 통해서 내 번호를 건네받았다며, 그 사실을 내가 모르고 있다는 것에 더 놀란 듯했다. "혹시 최근에 두 분이 나누신 대화가 뭔지 알 수 있을까요?"

"제가 지금 업무 중이라서요. 그리고 저보다 더 최근에 소통하신 것 같은데 안나가 바쁠 수도 있고요. 조금 더 기다려보시면 연락이 오지 않겠어요?"

마음에 걸리는 게 있어서 느긋할 수 없다던 그녀는 별 소득 없이 전화를 끊었고, 나는 괜히 어수선해진 마음을 이리저리 문대는 기분으로 의자에 기댔다. 안나에게 무슨 일이 있는 건가? 아니면 이 두 사람은 단지 싸운 것일까? 그런 생각에 골몰하느라 의자 바닥에서 뭔가가 끊기는 소리가 나는 걸 듣지 못했다. 아무런 신호도 감지하지 못하는 사이에 의자 기둥의 연결 부위가 부러진 모양이었다. 갑자기 의자가 옆으로 흘러가는 느낌이 들더니 의자 바닥이 거의 90도에 가깝게 한쪽으로 기울어졌다. 나는 엉덩방아를 찧었고 그 바람에 내 옆자리의 동료가 깜짝 놀랐다. 그가 내 의자의 절단면을 가리켰다. 이제는 의자 바닥과 그 아래 척추 부분의 결합이 불가능했고, 놀랍게도 '치명적인 결함'이 되었다.

그렇게 나는 의자 주저앉히기 전문이 되었다. 그리 노력하지도 않았는데 획득하게 된 역할이었다. 일단 동료 두 명의 부탁을 받아 그들의 의자를 가볍게 망가뜨려주었다. 둘 다 새 의자로 교체되었다. 모두가 내게 한 번만 의자에 앉아달라고 하는 지경에 이른 것이다. 내 체구는 우리 팀에서 가장 작은 편이었는데도 이상하게 사무실 의자들은 꼭 나를 거쳐야만 망가졌다. 어쩌면 사람들에게 용기가 부족한 걸 수도 있다. 이상하게 잘 망가지지 않던 마지막 의자 — 팀장의 것까지 나는 두 번 시도 만에 부러뜨릴 수 있었다. 정말 내가 가볍게 앉아주는 것만으로도 헌 의자들의 뼈대가 요령 있게 톡톡 부러지면서 새 의자로 교체된다면, 그리고 모두가 그걸 원한다면 우리 회사 건물 전체를 이동하면서 빠짐없이 모든 의자에 앉아줄 수도 있었다. 뭔가가 톡, 혹은 우두둑, 부서지는 소리를 듣는 게 묘한 쾌감을 주는 것도 사실이었다. 많은 의자들이 더 앉을 수 없는 상태가 되어가는 쾌감. 그러나 한편으로는 무언가가 부서질 때마다 마음이 한쪽으로 덜컹 기울어 판이 엎어지는 기분이 들기도 했다.

엘리베이터 버튼을 출입증이나 지갑 끝을 이용해 누르고 사무실 문은 팔꿈치나 어깨로 밀고 다니는 요즘, 아크릴판으로 만든 격벽 안에서 밥을 먹고, 일렬로 앉아 이야기를 하며, 악수나 박수가 생략된 건 물론이고, 누구나 돌려쓰던 볼펜을 잡을 때조차 긴장하는 게 싫어 늘 전용 볼펜을 챙겨 다니는 이 시절에 나에게 자신의 의자에 앉아달라고, 심지어 다른 팀에서까지 제 의자에 앉아달라고 부탁을 해온다는 건 그게 사소한 일이 아니란 얘기다. 모두 부실한 의자가 아니라 튼튼한 새 의자에 앉아야만 안심이 되는 걸지도 모른다.

지난번 통화로부터 사흘이 더 지났음을 상기시키면서 안나의 지인이 또 전화를 걸어왔다. 나는 나대로 안나에게 연락을 취해봤음에도, 그녀의 조금 더 쪼그라든 말투가 감지되자 내가 안나에게 너무 무심했던 것 같아 변명을 해댔다. 그중 하나는 진짜 심각한 일이 있다면 안나의 가족들이 연락을 해왔을 거란 말이었는데, 내 말을 듣자 전화기 속 여자(이름이 임미정이라고 했다)가 다시 맨 처음의 그 조심스러운 목소리로 돌아가서는 이렇게 말하는 거였다.

"가족이라면 누구를 말씀하시는 거예요?"

"남편도 있잖아요."

내 말에 그녀는 "아"를 길게 끌더니 "저기 좀 뵐 수 있을까요? 제가 근처로 갈게요."라고 했다.

결국 나는 그녀를 만나게 됐다. 안나의 친한 동생이라는 임미정 씨. 약속된 카페 문을 열고 들어갔을 때 그녀가 나를 한눈에 알아봤다는 것이 살짝 의아했는데 그녀는 오히려 내가 자신에 대해 전혀 모르고 있다는 것에 더 당황한 것 같았다.

"안나 언니가 말을 해둔다고 해서 저는 당연히 전달이 된 줄 알았어요. 그런데 언니도 연락이 안 되고, 선생님도 전혀 모르시는 것 같네요? 선생님께서 우리 북클럽에 합류하면 정말 좋을 거라고 언니가 말했거든요. 그래서 제가 선생님 번호를 받게 된 거고요."

"북클럽이요?"

"아직 말씀 못 들으신 거죠? 저희가 새로 읽을

책이 보험에 대한 거라서 그 이야기가 나온 거거든요, 보험회사에서 일하신다고 들어서. 언니가 자랑을 엄청 했어요. 제가 구 밴드 좋아했거든요. 옛날 가수라 제 주변에 아는 사람도 거의 없는데 노래가 좋더라고요. 선생님이 구 밴드 기사 쓰신 것도 봤어요. 대학생 때 쓰신 거죠?"

순간 내 표정이 미세하게 움츠러든 걸 그녀는 전혀 알아채지 못한 듯 불필요한 설명을 이어갔다. 포털 검색창에 내 이름과 구 밴드를 입력하면 두 번째 페이지로 넘어가기 전에 내 얼굴이 뜬다고 알려주기도 했다.

"20년 전 기사인데요, 안나만 기억해요, 그거."

웃으라고 한 말은 아니었는데 그녀는 내 말을 약간의 농담으로 받아들였는지 웃었다. 우리가 이런 사건으로 결국 틀어졌던 걸 안나는 벌써 잊은 거란 말인가? 나는 안나의 잠적에 이골이 난 사람이었고 사실 크게 걱정이 되지도 않았다. 우리가 함께 살던 시절의 끝 무렵 이미 나는 이런 방식으로 잠적해버리는 안나의 태도 때문에 그녀에 대해 어떤 기대도 품지 않게 되었다. 안나의 변덕이 여전하다면, 어느 순간 안나는 갑자기 나타나 아무 일 없다는 듯이 이 끝과 저 끝을 이어붙이려 할 것이고 그러면 나는 뭐든 해명을 요구하게 될 것이고 안나는 그런 나를 혼자 내버려둘 것이다. 그리고 서로에게서 멀어지면서도 그게 멀어지는 거라는 인식을 하지 못하고 그저 원위치로 돌아간다고 믿을 것이다.

그녀는 안나에 대해 내가 혹시 뭔가를 알고 있지 않을까 해서 연락했다고 했다. 그러나 나보다는 그녀가 안나에 대해 훨씬 더 많이 알고 있다는 것을, 그녀도 이미 인지하지 않았을까. 나는 안나의 남편이 죽었다는 것도 전혀 모르고 있었으니.

그녀를 만나러 나가기 전에 대학 동기 둘에게 안나 얘기를 최근에 들은 게 있느냐고 물었는데, 그들 역시 모르고 있었다. 그들의 최근 기억은 1년 전 안나가 결혼식을 생략했을 때 계좌로 축의금을 모아 전달한 거였다. 그게 지난해 6월의 일인데 안나의 남편이 죽었다니. 내게서 이 얘기를 들은 동창 둘 중 하나가 안나와 가장 친했던 애는 그래도 네가 아니냐고, 나에게 물었다. 그 말은 틀린 것도 맞는 것도 아니었다. 안나와 그나마 친한 사람을 찾자면 나라고 해야 할지도 몰랐다. 그러나 나는 몰랐다. 친구 둘도 몰랐다. 나중에 그 둘 중 하나가 "맞대!"하면서 어디선가 전해들은 이야기를 했다. 내가 일산 아파트 9층에 사는 안나와 화상 만남을 가진 게 3주 전인데 그 이야기 속에서 안나는 이미 6개월째 해외에 있는 걸로 되어 있었다.

내게 이 소식을 전해준, 미정이라는 이름의 사람도 안나 남편의 정확한 사인은 알지 못했다. 대학병원에 입원했다는 얘기를 얼핏 들은 것도 같지만 나중에 물어도 안나는 별 얘기를 하지 않았다고 했다. 코로나 중이라 조용히 장례를 치렀다는 얘기를 들은 게 지난봄이었고 그 이후 안나와 이전처럼 진득하게 얘기한 적이 없었다고. 만나면 이야기를 들을 수 있을까 했는데, 만나기로 해놓고선, 안나가 일방적으로 연락을 취소했다고.

공교롭게도 내가 안나와 다시 연락하게 된 시기가 그 무렵이었다. 봄부터 안나는 내게 몇 차례 메시지를 보냈고 통화도 했고 그리고 3주 전에는 줌으로 화상 대화까지 한 것이다. 올해 초였던가, 안나가 혼인신고를 하고 돌아온 날 내게 했던 말들은 그 목소리나 말투까지 생생하게 떠오른다. 혼인신고를 했더니 구청에서 태극기를 주더라고 했다. 화구통처럼 둥글고 긴 국기함 겉에 "축 결혼"이라는 말과 국기게양일이 적혀 있다고. 왜 결혼 선물로 태극기를 주는지 안나는 궁금해했다. "당연히 국가기관이니까 그런 게 아니겠어?" 내 말에 안나는 다른 해석을 내놓았다. "독립 만세! 이런 뜻이지. 완전히 새 가정을 이룬 거니까…… 신생국이 된 거지."

그러나 미정이란 사람에게서 듣는 안나는 전혀 다른 궤적을 보이고 있었다. 미정의 말에 따르면 안나는 혼인신고를 하지 않았다. "신혼부부 특공 넣어야지. 유효기한이 7년이거든. 벌써 카운트 들어가면 우린 불리해." 안나는 미정에게 그렇게 말했다고 한다. 신혼부부 특별공급 청약을 이용해서 집을 얻고 싶은데 원하는 동네의 공급 계획은 내후년까지도 없다고. 아무 계획 없이 7년 모래시계를 뒤집을 수는 없으니, 아직 두 사람이 서류상 타인인 것이 좋다고. 안나는 임신을 준비하고 있었는데, 임신이 되면 바로 혼인신고를 할 생각이라고 했다. 그래야 더 유리하다고. 혼인신고를 하지 않은 이유가 하나 더 있었는데 그건 취업 때문이었다. 올해 상반기에 안나는 몇 군데 서류를 낼 생각이라고 했는데 기혼이라는 것이 불리하게 작용할 것 같았던 모양이다. 안나는 취업이든 임신이든 청약이든 그 앞에서 어떤 것도 설불리 결정할 수가 없었다.

"언니, 그런데 그 두 가지 가능성이 충돌하는 거 알아요? 임신 후에 혼인신고를 하고 청약을 넣어볼 건데, 취업을 위해서는 임신을 그 이후에 해야 하는 거라면 이게 순서가?"

미정이 이렇게 물었을 때 안나의 대답은 이랬다. "어느 쪽이든 빨리 되는 걸 잡아보자는 거야." 그러나 올해 상반기에 안나가 서류를 내려던 회사들은 채용 공고를 내지도 않았다. 코로나로 모든 것이 멈춰 있었다. 나는 안나가 여행사 개업을 꿈꾸고 있었다는 걸 알았지만 그걸 미정에게 말할 필요는 없었다.

"제가 알기로는 언니 남편이 가게를 열었는데

그게 잘 안 됐어요. 그래서 언니 여행사 그만둔 퇴직금으로 뭘 또 시작했는데 그게 또 잘 안 풀리는 것 같았고요. 아, 이런 얘기까지는 잘 모르시나요?"

안나 남편의 얼굴이 떠오르지 않았다. 스튜디오에서 촬영을 했다면서 안나가 보내준 결혼사진을 본 게 전부라서 그가 죽었다는 것이 도무지 실감 나지 않았다. 게다가 이 이야기를 안나가 아니라 안나의 지인을 통해 듣고 있다는 사실도. 가장 믿기지 않는 건 불과 3주 전 이런 일들에 대해 전혀 모르는 채로 내가 안나와 한 시간이 넘는 대화를 했다는 거였다. 그날 우리가 조금 더 이야기를 나눴다면 이런 얘기를 들을 수 있었을까.

"왜 얘기를 안 했을까요."

"언니 성격이면 그럴 수 있을 것 같기도 해요. 언니는 너무 다정한 사람인데 모든 방을 보여주는 느낌은 아니었거든요. 그런데 닫힌 문을 억지로 두드리고 열 수도 없는 거잖아요. 그래서 언니가 열어준 방에서만 머물렀어요. 그런데 지금 언니가 그 방에 없네요. 제가 아는 게 너무 없어서 미안해

죽겠어요. 정말 아시는 게 없으세요? 혹시 안나 언니에게 무슨 일이 있는지."

그렇게 말하는 미정의 눈이 붉어졌다.

"아마 시간이 좀 흐른 다음에 안나가 말하려 했을 수도 있어요. 저에게도요. 여기저기 좀 연락해볼게요. 안나는 마음 정리할 시간이 필요했을 거예요."

"네, 선생님. 저는 언니가 올 때까지 예정대로 북클럽을 진행할 거예요."

안나가 북클럽에서 읽으면 좋을 책을 추천했는데 그게 안심결혼보험약관집이었다. 안나가 책에서 몇 부분을 발췌해 미정에게 파일로 전달해주었다고 했다. 속초에 가면 책 실물을 보여주겠다고 해놓고서 안나는 연락 두절이 되었다.

"속초요?"

"네, 언니가 오래 속초에서 살았잖아요. 제가 언니 옛집에 살고 있어요."

미정은 나를 만나기 위해 속초에서부터 출발했던 것이다. 나는 "속초에서 여기까지 오신 거예요?" 하고 물었고, 미정이 다른 볼일을 몇 개 묶어서 왔다는 말을 한 후에야 조금 안심했다.

안나와 미정은 한 달에 한 번씩 보는 북클럽 회원이기도 하지만, 같은 집에 시차를 두고 살게 된 사이이기도 했다. 안나가 서울로 다시 오기 전까지 6년간 썼던 그 속초 주소를 지금은 미정이 쓰고 있는 셈이었다. 북클럽 통해서 서로 알게 되어 주택 거래까지 했나 보다, 하고 생각했는데 듣고 보니 오히려 그 반대였다.

그들의 관계를 요약하자면 이렇다. 안나가 6년간 살던 집에 입주한 다음 사람이 미정이었는데, 거주자가 '임미정'으로 바뀐 지가 한참 되었는데도 몇 달간 '오안나 님께'라고 적힌 우편물이 배달되어 왔다. 책으로 짐작되는 것들이 대부분이었다. 안나는 의도했든 아니든 이미 꽤 유명한 북스타그래머가 되어 있었고 배송된 책들은 안나가 주문하지 않은 것, 오는 줄도 몰랐던 것들이었다. 그것을 미정은 6개월간 모두 모아두었다. 그리고 어느 날 안나가 우편물 관련해서 전화를 걸어오자 미정은 그동안의 것을 모두 모아두었다면서 어떻게 할까 물었다. 안나는 그것을 착불 택배로 받았고, 그 이후에 미정은 안나의 우편물이 오면 그것들을 모두 택배로 보냈다. 마스크나 빵처럼 가만히 모아두기가 어려운 것도 있어서였다. 안나는 미정이 그것들의 택배비를 부담하고 보냈다는 것에 놀라서 다음부터는 무언가가 오면 그냥 버려달라고 말했다. 그러나 며칠 후 또 미정에게 문자를 보내야 했다.

"참 죄송한 상황인데요. 제 앞으로 아무리 주소 변경을 해도 또 그쪽으로 물건이 간 것 같아요. 이번에 간 것은 에세이인데요, 마음이 따뜻해지는 책이고 선물용으로도 좋으니 편하게 읽으셨으면 좋겠어요. 저는 이미 샀거든요. 그리고 이제 앞으로 혹시 무언가가 더 오면 그냥 버려주시거나, 책은 읽으셔도 좋아요."

미정은 그때까지 책과는 별 인연이 없는 삶을 살고 있었지만, 그 책들을 다 읽은 다음 안나에게 즐거운 읽기였다는 짤막한 감상을 적어 보냈고 안나가 답장을 하면서 두 사람은 가끔 안부를 묻게 되었다. 집을 내놓고서 얼른 팔리지 않아 미정이 100만 원만 깎아달라는 뜻을 보였을 때 그것을 받아들였던 안나이기에 자신이 팔고 나간 집의 매매가가 거짓말처럼 신고가를 경신할 때마다 속이 편할 리는 없었겠지만, 안나는 미정에게 그 아파트의 값이 더 올랐다며 축하 메시지를 보내는 사이로까지 발전했다. "최고가 경신!" 하고 안나가 메시지를 보내면 미정이 "전 또 한 번 언니께 죄송해집니다." 하고 답을 보내는 사이. "어쩜 6년간 미동도 없던 집값이 내가 떠나자마자 치솟니. 내가 떠난 게 그 동네 호재일세." 하고 안나가 너스레를 떨면 미정은 또 한 번 "깎아서 죄송합니다." 하며 받아쳤다. 이런 관계는 흔치 않을 것 같지만 그렇게 안부를 주고받다가 그들은 모임까지 만들게 된 거였다.

"북클럽은 멤버가 몇 명이나 되나요?"

미정이 기어코 울 것처럼 보였기 때문에 북클럽 이야기를 꺼냈을 뿐인데 그녀는 아주 상세히 얘기해주었다. 고정 멤버가 여섯 명이고 그때그때 책에 따라 사람들이 자유롭게 합류한다고. 미정이 중학교 교사인 만큼 주로 동료 교사들이 합류할 때가 많다고 했다. 코로나 때문에 요즘엔 모임을 최대한 단출하게 하려고 노력 중이라고.

"그런데 이번 책 공지하고서 신청 인원이 꽤 많은 거예요. 지금 저희 동네엔 모임 인원 제한이 없거든요. 그렇긴 해도 너무 많이 모이는 건 부담이 되는 시국이라, 줌을 활용하려고요. 그래도 몇은 모여요. 고정 멤버들은. 탁 트인 해변 카페가 있거든요. 거기 사장님도 북클럽 멤버예요."

그렇게 대답하고서 미정은 음료를 리필해 오겠다며 컵을 들고 일어섰다. 앞에 앉았던 사람이 사라졌을 뿐인데 그때까지 인식하지 못하고 있던 빗소리가 귓가를 파고들었다. 창밖으로 쏟아지는 빗줄기들이 서로 구분되지도 않았다. 종일 비가 오락가락하긴 했지만 작정하고 땅에 내리꽂히는 듯한 굵은 비였다. 나는 무릎 위에 올려두었던 가방을 옆자리에 내려놓았다.

헤어지기 전에 미정이 내게 복사본을 하나 줬다. 안나가 전해준 그 보험약관집의 일부였다. 그들은 정말 그 보험약관집을 읽어나갈 생각이었던 것이다. 3주 전 화상 대화 이후 우리가 한 차례 메시지를 주고받았다는 사실을 나는 미정에게 말하

지 않았다. 일부러는 아닌데 시간이 좀 지난 후에
야 그 사실이 떠올랐다.

특별한 메시지는 아니었다. 당시에는 그렇게 생
각했다. 안나가 즐겨 듣는다던 라세 린드의 노래
를 내게 공유한 거였다. 비 오던 날 안나가 즉흥적
으로 틀어주었던 그 노래 말이다. 당시에는 노래
에 집중하지 못했고, 메시지로 그 노래를 안나가
보내주었을 때도 크게 관심을 두지 않았다. 지금
은 달랐다. 안나가 이 노래를 내게 공유하면서 어
떤 생각을 했을까 헤아리지 않을 수가 없었다. 안
나는 "나 이 노래 또 듣는다, 몇 달 내내야."라고 메
시지를 보냈고, 나는 "또 토론토 노숙의 추억?" 하
고 대꾸했다. 안나는 대답하지 않았다. 남편하고
함께 들었던 노래라고 했지, 그 생각이 이제야 밀
려와 그 노래를 찾아 들어보았다. 가사가 너무 슬
프게 다가왔다. 안나는 연락을 받지 않았다.

안나의 인스타그램에는 여전히 #AS안심결혼보
험이 적힌 게시물이 있었고, 그것이 가장 최근의
게시물이었다. 그 책이 있는 곳은 일산 한 곳뿐이

었다. 어쩌면 전국에 한 곳뿐일 수도 있고. 전국 도
서관 자료를 검색할 수 있는 사이트에 들어가 'AS
안심결혼보험'을 입력하면 어떤 결과도 나오지 않
지만, '지속 가능한 결혼생활을 위한'까지 입력하
면 대여 가능 상태의 책 한 권이 나타난다. 이 책
이 그 도서관에 몇 권이나 더 있는 게 아니라면, 안
나가 빌렸던 책을 도서관에 반납했다는 이야기다.
팔지 않고 반납했다는 이야기다.

　놀라운 것은 두 가지였다. 그 도서관에 그 책이
아직 있다는 것, 그리고 누가 그 책을 대출하고 반
납했는지를 너무 쉽게 알 수 있다는 것. 도서관에
전화를 걸어 그 책이 분명 대출 중이었는데 언제
반납되었는지를 물어보았다. 답을 못 들을 수도
있지 않을까 생각했는데 전화기 너머의 사서는 의
외로 아주 쉽게 반납 일자를 확인해주고, 이게 한
차례 대출 연장을 했던 거라는 사실까지 알려주었
다. 분실을 가장한 중고 거래를 할 생각이었던 사
람치고는 너무나 성실한 궤적이 아닌가.

　미정이 건네준 복사본은 50페이지 정도로 이
책의 세 군데 지점에서 발췌한 것이었다. 그중 맨

앞에 있던 '예단예물' 부분을 펼쳐 보았다. K라는
인물 입장에서 이야기가 전개되고 있었다.

　(……) 양가에 나란히 이불 한 채씩을 보내는
걸로 모든 인사를 대신했다고 K네 오빠 부부는
알고 있었으나 꼭 그렇지만은 않았다. 상견례는
결혼 날짜와 장소가 모두 정해진 다음 느지막이
하게 됐기 때문에 양가 부모님들은 만나서 뭘 의
논하거나 상의할 것이 아무것도 없었다. 단지 K
의 오빠 부부가 놓친 건 어머니들이 서로의 전화
번호를 교환한 거였는데, 그게 일종의 핫라인이
됐다. K네 사돈댁에서 K네로 500만 원을 보냈고,
일부를 되돌려 보낼 필요가 전혀 없다고 했지만
K네서도 다시 200만 원을 사돈댁에 보냈던 것이
다. K도 알았고 K의 부모님도 알았는데 정작 결
혼 당사자인 K의 오빠 부부만 이 사실을 몰랐다.
그들은 신혼여행에서 돌아온 뒤에야 불법 자금의
흐름을 알게 됐다. 그들은 당황했지만 이미 오고
간 것을 어쩌란 말인가. 이건 지난 계절의 일이었
다. 그리고 며칠 전, K의 집에 온 새언니(이하 '언니'로 말하겠다)가 돌연 영수증 얘기를 꺼냈다.

양가에 오간 현금 예단의 사용 내역이 필요하다는 거였다. 언니가 오래전에 들어둔 보험이 있는데 결혼 준비 비용에 대해 '페이백' 서비스를 신청할 수 있다고 했다. K의 오빠 부부는 결혼 비용을 최소한으로 썼기 때문에 해당되는 내용이 별로 없는 줄 알았지만, 현금 예단도 페이백의 대상이 된다는 걸 최근에 알게 됐다고.

"그 보험 이름이 뭐라고요?"

K가 묻자, 언니는 약관집을 보여주면서 말했다.

"안심결혼보험요."

약관집의 맨 앞면에 '지속 가능한 결혼생활을 위한 지침서'라고 적혀 있었다. 언니는 2년 전 이 보험에 가입했고 매달 보험료를 납부했다. K의 가족이 사돈댁으로부터 받은 현금 예단을 어떻게 썼는지를 소상히 밝히면 뭔가를 조금은 '돌려받는다'는 거였다. 그 300만 원 말이다. 이미 K의 사돈댁도 이런 과정을 거쳤다고 했다.

돈이 오간 건 네 달 전이었다. 돈을 그냥 아랫목

에 놓아두기만 해도 삭아 없어질 수 있는 시간이었다. 이제 와서 그 사용 내역을 입증하라니 번거롭고 막연했다. 오빠 부부가 돌아간 뒤 K와 K의 부모님은 이런저런 영수증으로 네 달 전의 소비를 불러왔고 그것들을 식탁 위에 쭉 늘어놓았다. 냉장고가 200만 원으로 가장 큰 비중을 차지했고, 이어서 식구들의 옷이나 친척들에게 돌린 이불 등이 있었다. 사진을 찍어서 언니에게 보내는 건 K의 몫이었다.

언니는 그 사진들을 보험사로 전달했고, 며칠 후 보험사의 답변을 받았다. 그 300만 원의 행적 중에 보험사에서 인정한 건 극히 일부—12만 원에 불과했다. 나머지 288만 원에 대해서는 인정할 수가 없다는 거였다.

그 주 토요일 저녁에 오빠 부부가 약관집을 들고 다시 K의 집으로 왔다. 핵심은 '지속 가능한 결혼생활을 위한 합리적인 소비였는가?'라는 것이고, 페이백 역시 그런 기준에 부합하는 항목에 대해서만 가능하다고 했다. 그런데 K 가족이 산 냉장고는 보험사의 판단에 따라 사치품으로 분류되

었고, 따라서 보험 적용이 어렵다는 거였다. 언니
는 그게 어째서 사치품이 되었는지 설명했다.

"예전에 쓰시던 냉장고도 용량이 비슷한데, 고
장도 아닌데 굳이 왜 바꿨느냐 그거죠."

군이 왜 바꿨냐고?"

아빠가 언니에게 물었고, 언니는 단지 보험사
의 답변이라고 대답했다. 보험사에서는 K네 집에
있던 헌 냉장고에 대한 성능 진단서를 첨부해왔
다. 헌 냉장고는 새 냉장고를 배달한 쪽에서 수거
했는데, 그 수거 기록을 좇은 결과물이었다. 버린
가전제품에 대한 성능 진단서라니. K 가족으로서
는 그런 추적이 가능하다는 게 놀라울 뿐이었는
데, 그 서류 속의 정보들이 너무도 명확하고 정밀
해서 지금 집에 있는 TV와 세탁기에 대한 진단도
부탁하고 싶을 정도였다.

그 서류를 통해 가족은 버려진 냉장고의 이력
을 다시 알 수 있었다. 그 냉장고는 831리터 용량
으로, 9년 전에 그들 집으로 와서 양문 냉장고의
시대를 열었고, 네 식구에 의해 밤낮으로 열리다
가 버려졌다. 보험사가 말한 대로 지금껏 한 번도

고장 난 적 없었던 제품으로, 그러나 꽃무늬가 가득한 디자인은 확실히 구식이었다. 소음이 심하다고 생각했는데 정상 범위라고 했다. 처음에 엄마는 용량을 고려해서 900리터대의 냉장고를 살 계획이었는데, 어쩌다 보니 새것도 800리터대의 규모였다. 다른 게 있다면 냉장고 문짝이 네 개라는 것뿐. 4도어의 시대를 열게 된 새 냉장고는 저만치에, 뭐가 대수냐는 표정으로 서 있었다. 냉장고의 용량을 더 키운 것도 아니고 소음도 정상 범위였던 것으로 평가되니, K 가족은 그저 디자인 때문에 냉장고를 바꾼 게 되어버렸다.

"새 식구도 오는데 9년 된 냉장고 바꾸는 게 뭐가 문제니? 기분이지. 기분으로도 바꿀 수 있지."

엄마의 말에 K의 오빠가 말했다. "기분 같은 건 보험사 페이백 영역은 아니래요."

아빠가 말했다. "음, 900리터대의 냉장고를 샀다면 결과가 달랐을까? 아주 다른 종자여야만 인정할 기세인데."

오빠는 보험사에서 핑계를 대는 것 같다고 했다. 이 집에 살던 네 명 중에 한 명이 결혼을 해서 떠나게 되었으니 식구는 셋으로 줄어드는 셈이었고, 성능도 멀쩡한 냉장고의 용량을 키울 필요는 없다고 할 게 뻔했다.

"반상기도 안 된다고? 이건 일반적인 거잖아."

엄마가 서류를 들여다보며 말했는데 K는 엄마가 그러지 않았으면 좋았을 뻔했다고 생각했다. 오빠가 기다렸다는 듯이 보험사의 답변을 읽어주었다.

"반상기는 '구시대적 발상'을 드러내는 대표적인 사례로, 신부가 부모님을 봉양하는 의미라고 하지만 그게 과연 지속 가능한 결혼생활을 위한 합리적인 소비일지 의문입니다."

오빠는 깜빡했다는 듯이 덧붙였다. "아, 물론 보험사에서 보낸 의견이에요."

아빠는 방금 오빠가 읽은 답변을 소리 내어 똑같이 읽어보았다. 신부, 부모님, 봉양, 그중에 뭐가 문제인지 헤아려보는 듯했다. 그리고는 K의 의견을 물었다.

"딸, 네가 볼 때도 그래?"

"아니, 요즘 세상에 무슨 반상기야. 차라리 두

개를 사서 양가가 나눠 가지지 그랬어, 그럼 굿즈라고 우겨라도 보겠다."

부모님을 편들어주지 못해 미안하지만, 간소화해서 예식을 올린 사람들에게 무슨 반상기 아이템이란 말인가, 그건 너무했다고 K는 생각했다. 그러나 뒤따라 나온 언니의 말이 부모님을 너무 코너로 몰아넣는 느낌이 들어 부모님을 편들지 못한 데 대해 K는 약간 후회했다.

"이불은 그래도 부모님의 건강을 기원하는 거라고 해서, 저희가 했던 거거든요. 그런데 반상기는."

반상기가 비합리적인 요소인 걸 알고 일부러 차단했다는 식이었는데, 그러면 이 상황이 좀 우스꽝스러운 게 아닌. 오빠 부부는 뭐랄까, '최신식' 결혼을 했다고 믿었을 텐데 뒤늦게 반상기라는 웬 구닥다리가 무임승차한 셈이니. 엄마는 그저 아들의 결혼 '기념'으로 샀다지만, 오빠네로서는 예단에 대한 미련으로 볼 여지가 충분했다.

"걔네는 아마 이불도 비합리적이라고 할 거야."

그렇게 말하는 엄마가 좀 지쳐 보인다고 K는

느꼈다. 그깟 보험료 얼마나 돌려받는다고 이걸 다 들추나. '개네'의 정확한 이름은 AS였다. AS손해보험. 언니는 매달 보험료로 5만 900원씩을 납입했는데, 그 납입 내역을 보면서도 K는 이 보험의 존재 여부에 대해 의심했다. AS손해보험에 대해서는 들어본 적이 있지만, 이런 종류의 보험이 정말 존재한단 말인가? 언니가 K의 속마음을 읽은 것처럼 말했다.

"300을 더 증명할 수 있으면, 저희가 돌려받는 게 100은 더 될 것 같거든요."

"100만 원을 돌려받을 수 있다고?"

아빠의 말에 언니는 "현금으로요"라고 했다. 지금 얼마 정도를 증명했는데, 거기에 300만 원만 더 추가할 수 있으면 플러스알파가 있어서 100만 원 이상을 받을 수 있다고 말이다.

"300만 원이 모두 비합리적인 것으로 판명되면?"

"자기부담금 빼고 그러면 커피값 정도 나오려나요?"

아빠가 다시 언니 쪽으로 몸을 기울였다. 언니

가 다음 지침을 내렸다. 보험사에서 현금 예단의 범위로 인정하는 건 결혼식 전후 80일씩이었고, 공교롭게도 오늘이 그 기간의 마지막 날이었다. 언니는 해당 기간 동안 쓴 금액들을 다시 점검해서 300만 원을 채워보자고 했다. AS손해보험이 인정하는 합리적 소비가 어떤 것인지 다른 식구들은 감히 짐작할 수 없었지만, 예단예물에 관한 보험금 청구는 모두 2회에 걸쳐 가능했고 이미 한 번의 기회를 망쳤으니 이번이 마지막 기회였다.

언니는 식구들의 해당 기간 소비 내역을 하나씩 들여다봤다. 종이 영수증, PC, 문자메시지, 앱까지 지난 몇 달의 소비 내역쯤은 쉽게 소환할 수 있는 시대를 살고 있었고, 끔찍한 건 그게 가계부뿐만 아니라 위치추적이나 일기장 기능도 한다는 거였다. 지난 계절을 반으로 갈라 그 단면을 보여주는 느낌, 거기엔 K가 살아온 모양새가 있었다. 식구들이 살아온 모양새가 있었다. 그래서 조금 부끄러웠고, K는 언니에게 모든 내역을 다 보여주진 않았다. 덜어낸 것 중에 뭐 쓸 만한 게 있을 것 같지는 않아서였는데, 그렇다고 공개한 것

중에 쓸 만한 게 있었다는 얘기도 아니다. 결과적으로 K 가족의 영수증에서 '합리적인' 걸로 평가받을 만한 건 드물었다. 거품과 사치를 지양하는 이 보험은 건강이 아닌 미용 목적의 소비를 인정하지 않았다. 따라서 결혼식 전후로 식구들이 썼던 미용실이나 마사지는 제외됐고, 심지어 아빠의 치과 스케일링도 이미 연 2회째였기 때문에 안 될 것 같았다. 게다가 K 가족이 산 옷이나 신발 중에는 보험사가 정해둔 몇 개의 예외 브랜드가 있어서 그 역시 인정되지 않았다. 하필이면 그랬다. 언니는 이건 이래서 안 되고, 저건 저래서 안 된다면서 영수증을 훑었다. 보험사 기준에 맞춰보는 거겠지만 K는 언니를 보며 뭔가 지나치게 일하는 느낌을 받기도 했다. 그래도 보험금 페이백은 중요하니까. (……)

뒤로 가면서 K는 결국 금액을 채우기 위해 거의 모든 소비 내역을 언니에게 공개하게 되고, 그 과정 중에 의외의 품목이 보험사로부터 '합리적인' 것으로 인정되어 성공적으로 보험금을 수령한다.

언니는 수령한 보험금 중에서 30만 원을 K에게 준다. K는 그것이 노동의 대가라고 느낀다.

(……) 다른 각도에서 그 책자의 한 페이지를 보게 됐는데 지금까지 안 보이던 게 도드라졌다. **예단예물.** 일부러 두 번째와 네 번째, 그렇게 두 글자를 키워둔 건가? K는 책자를 다시 제대로 해서 그 부분을 봤다. 이번엔 무난한 크기였다. 예단예물. 거꾸로 돌리면, 다시 '단물'이 도드라졌다. 예단예물이 누군가의 단물을 쪽 빨아먹는다는 기분을 주기에 충분한 구조였다. 아직 이 책자에는 수많은 페이지가 남아 있었다. K의 부모님은 "해냈다!"고 말했지만, 그들이 간과한 사실은 그 보험이 아직도 가동 중이라는 것, 방금 결혼식과 예단예물의 과정을 통과했을 뿐 그 이후의 다른 항목들은 아직 넘겨보지도 않았다는 것이다. 지금도 눈앞에 놓여 있는 저 보험약관집은 꽤 두께가 있었고, 그 안에는 더 많은 항목들이 있지 않겠는가? 그리고 돈이 된다는데 누가 마다하겠는가? 오빠 부부는 '페이백'될 요소들, 돌려받을

지점들을 알고 있거나 알아갈 것이다. 그리고 돈을 돌려준다는데, 그 누구도 그 결정에 동의하지 않을 수 없을 것이다.

오빠 부부와 K, K 부모님까지 한자리에 모인 자리에서 그들은 무용담을 나누듯 이번 청구 과정의 극적인 순간들에 대해 이야기했다. 그중 하나는 문제의 그 반상기를 뒤늦게 합리적 결혼과 관련짓기 위해 사돈댁용으로 반상기 하나를 더 사서 '신랑의 부모님 봉양' 개념으로 기록한 것이었다. '하나 더'로 양측이 공평해지자 보험사에서는 그걸 합리적인 지출로 인정했다. K가 기한 안에 부랴부랴 새로 구매한 내역 중에 인정받은 건 그 반상기 추가 구매뿐이었다. 나머지는 모두 엄청난 스토리텔링의 결과물이었다. 며칠 후 K는 가라 영수증 속의 300만 원에 대해서 보험사가 합리적이었던 걸로 인정했다는 얘기를 듣게 됐다. 극적으로 300만 원을 채운 내역은 전혀 기대하지 않았던 지점에서 발견되었다.

'조아엉경퀴골드 12병 52,000원'

친구들 모임에 가면서 K가 구매했던 내역이었다. 오래전 비닐봉지 안에 그대로 들어 있던 약국 영수증이 활약을 한 것이다. 혹여나 건강을 위한 항목으로 분류되지 않을까 해서 포함시킨 것인데, 사실 조아엉겅퀴골드는 숙취해소 음료였고 숙취도 건강에 포함시켜줄지 자신이 없었다. 300만 원을 채우기 위해 꾸역꾸역, 혹시나 해서 넣었던 것인데 이게 합리적인 소비로 인정될 줄은 누구도 예상하지 못했다. '조아엉겅퀴 외 119건'으로 전체 소비의 대표격으로 등장해 있을 줄도 몰랐다.

K가 그것을 구입한 날짜가 하필 양가의 상견례 당일이었고, 두 집안의 가족관계등록부를 합하면 모두 열두 명의 인원이 나왔다. 덕분에 그건 '가족의 유대감 고취'에 필요했던 것으로 인정받았던 것이다. 그 열두 명이 모두 상견례에 간 건 아니었지만, 전체 금액이 적어서 그런지 보험사는 식당 영수증 확인까지는 하지 않았다.

버린 냉장고까지 추적해서 조사를 하는 보험사에서 이런 내역을 허술하게 처리하는 게 좀 의외라고 K는 생각했는데, 그 진짜 이유를 곧 알게 되었다. 아빠가 믿는 것처럼 보험사에서 소액결제에 유독 관대한 건 결코 아니었고, 언니가 믿는 것처럼 그들의 스토리텔링에 감탄했던 것도 아니었다.

"그냥 짠했던 것이지. 뭔가. 설계사가 슬쩍 얘기하더라고. 숙취해소제 열두 병 보지도 못하셨죠?"

오빠의 말에 따르면, 설계사가 자신도 놀랐다는 듯이 그렇게 귀띔을 해주었다는 것이다. "그걸 산 게 상견례와 아무 상관이 없었다는 걸 그들은 다 알고 있어요. AS 측에서도 '깜찍'하다고 평가했다니까요. 그렇지만 소중한 고객님의 첫 청구니까, 또 너무 애쓰셨으니까. 그런데 다음엔 그렇게까지 너그럽게 계산해주진 못할 겁니다."

언니의 그 다음 달 보험료는 1,390원 인상되었다. 만기일까지는 한참이 남아 있고, 언니는 또 꾸준한 보험료 납입과 또 예기치 않은 보험금 청구를 하겠지만 분명한 것은 AS손해보험이 모든 것을 보고 있다는 것이었다.

다음 날 퇴근길에 나는 충동적으로 지하철에 올

라탔다. 회사가 있는 광화문에서 책이 있는 일산으로 가기 위해서였다. 장마가 그친 첫날, 내가 탄 열차는 거대한 에어드레서처럼 적당한 진동으로 흔들렸다. 열차가 구파발역과 지축역 사이를 통과할 때 누군가가 나를 주시하는 느낌이 들어 고개를 두리번거렸는데 나와 부딪친 건 눈빛이 아니라 햇빛이었다. 서 있는 사람은 선 채로, 앉은 사람은 앉은 채로, 모두 찰랑찰랑 열차의 리듬에 흔들리면서 온몸을 말리고 있었다. 안나와 나 사이의 기록들은 최근에 가까워질수록 일방적인 형태가 되었는데 새롭게 하나를 더했다. '나 지금 너희 동네로 간다, 일산으로. 보면 연락 좀 줘.'

책을 빌릴 생각까지는 없었다. 단지 그 책의 실물을 보려고 한 건데, 놀랍게도 도서관 내부는 마치 컨베이어벨트처럼 움직였다. 그 책을 손에 쥐자마자 모든 것이 그저 흘러갔고 잠시 후 나는 셀프 책 소독기 앞에 서 있게 됐다. 소독기 내부의 빨래 건조대 같은 선 위에 책을 올려놓고 문을 닫았다. 30초간 책이 파르르 떨리면서 한 장 한 장 겹겹이 쌓인 모든 습기와 먼지를 털어냈다. 내가 지하철 안에서 그렇게 흔들렸던 것처럼……. 이 모든 것이 낯선 춤의 가장 기본 동작 하나처럼 느껴졌다. 도서관에 들어갔다가 회원증을 만들고 대출해서 나오기까지, 30분도 채 걸리지 않았다. 오후 여섯 시에 본 풍경은 오후 여섯 시 반에도 그대로였다. 해는 여전히 뜨거웠다. 바로 어제까지 세찬 비가 내렸다는 것이 무색할 만큼 뜨겁고 건조한 날씨였다.

도서관 사이트에 접속해 책의 제목을 입력해보면 이제 '대출 중'이라는 표시가 떴다. 비어 있던 긴 의자 하나를 찾아 등을 기대고 앉았다. 책은 바다를 연상시키는, 짙은 파란색 표지를 하고 있었다. 만지면 손에 뭔가가 묻어나올 것처럼 느껴질 만큼 선명한 파랑이었다. 책을 후루룩 넘겨보려 했으나 양장본이어서 겉면의 단단한 외피는 미동도 없었고 부드러운 내용물만 뜻대로 움직여주었다.

안나가 아니었다면 일산에 올 일은 없었다. 안나가 동네 도서관에서 이 책을 빌렸기 때문에 또 반납했기 때문에 여기까지 온 것이었다. 그러나 안나를 만나지 못하고 다시 서울로 가는 지하철에 올랐다. 열차가 통과하는 동네를 따라 코로나 상황을 알리는 긴급 재난 문자들이 쏟아졌다. 달리는 열차에 새들이 돌진해 부딪치는 것처럼 문자들이 내 폰으로 뛰어들었다. 그 속에서 책을 읽었다. 안나 말대로, 책의 초반부는 거의 사례 중심이어서 이게 약관집이라고는 누구도 느끼지 못할 것 같았다.

어느 페이지에는 1999년이 한국에서 '왕따보험'이 다수 등장한 해라는 설명이 나온다. 많은 업체들이 '왕따'에 대한 구체적인 보상 기준을 마련했고 '왕따'는 그렇게 재해로 규정되었다. 2000년에는 반려견과 수족관의 물고기가 보험의 영역에 포함되었고, 2004년에는 주 5일제 근무를 의식한 보험이 탄생해서 금요일 퇴근 이후부터 일요일 밤까지의 날씨와 교통사고 등 휴일의 컨디션에 대해 보장했다. 그리고 2012년 마침내 결혼에 대한 보험이 등장한 것이다. 이 책은 "이제 보험이 결혼을 다루게 된 것은 그리 놀라운 일도 아니다."라고 말한다.

안심결혼보험은 '현재 결혼생활을 하고 있지 않

은 성인이라면 누구나' 가입이 가능한 상품이었지만 많은 보험들이 그렇듯 가입자의 정보에 따라 보험료가 달랐다. 차등을 부르는 요소 중 하나가 나이였는데 나이가 많아질수록 보험료가 올라가거나 하는 단순한 방식은 아니었다. 어떤 고객은 18만 9천 600원을 매달 납부하기도 하고 어떤 고객은 5만 900원을 납부하기도 한다. 18만 9천 600원은 거의 최고치, 5만 900원은 거의 최저치 금액이라고 볼 수 있었다. 20년 만기였고, 240개월의 보험료를 모두 납부해야만 만기 환급이 가능했다.

'갱신'이란 개념이 존재하지 않는 것이 안심결혼보험의 특징이기도 했다. 계약자가 누구든, 보장 기간은 가입일로부터 최장 20년을 넘지 않았다. 게다가 현재 결혼생활을 하고 있지 않은 상태에서만 보험 가입이 가능하기 때문에, 설령 가입 후 바로 결혼한다고 하더라도 결혼생활의 20년 정도만 보장받을 수 있었다. 그게 가장 긴 경우고, 보험 가입 후 몇 년이 지나 결혼하는 경우에는 20년에서 그 몇 년이 차감되었다.

5만 900원이 최저라고는 해도 매달 그렇게 20년

을 납부한다는 것은 쉽지 않은데, 어떤 이들에게는 이 금액이 미래를 위해 준비된 꽤 차곡차곡한 금액이었을 수도 있다. '계약 만기일까지 비혼 시 원금의 130퍼센트 보장'이라는 항목이 있으니까 말이다. 예단예물부터 시작해서 결혼생활의 면면에 대한 소소한 보장을 받을 수 있는 상품이기는 하지만, 이 안심결혼보험을 통해 진짜 혜택을 볼 사람들은 어쩌면 평생 한 번도 결혼하지 않은 사람일 수도 있다는 얘기다. 계약이 만료되는 시점까지 결혼을 1회 이상 하지 않았을 경우에 납입한 원금보다 더 많은 금액을 돌려받게 되어 있으므로 단순히 입출 개념으로만 따지면 비혼에게 더 유리하기도 하다.

물론 결혼율이 해마다 감소하고 있으므로 보험사 입장에서는 조정이 필요했을 수도 있다. 그래서인지 보험 출시 5년 만에 보험 가입은 조금 더 까다로워졌고, 2017년 9월부터는 무조건 설계사를 통해 가입해야 하며 새로 변경된 규정을 적용받아야 했다. 아마도 그래서 새로운 개정판 약관집이 필요했던 모양이다. 바로 이 책이 그 결과물이었다.

중고 거래 앱을 폰에 다운 받았다. 그리고 첫 글을 올렸다.

"AS안심결혼보험약관집 삽니다."

약관집을 산다는 글을 올린 후 세 시간 만에 '조'라는 이름의 사람에게서 연락이 왔다. 그가 말하는 약관집의 가격은 무려…… 15만 원이었다. 그가 15만 원에 약관집을 팔 수 있다고 했기 때문에 나는 자동적으로 100만 원 이상을 말했던 안나를 더 걱정하게 됐다. 안나 혹은 조, 둘 중 하나는 사기라는 얘기가 되니까.

3

다음 날 광화문 해머링맨 앞에서 '조'를 만났다. 내 가방 속에는 이미 그 책—안심결혼보험약관집이 있었지만 시장 조사가 필요했다. 왜 이 책을 사람들이 사고파는 것인지, 안나는 100만 원 이상에 거래된다고 했는데 왜 이 사람은 15만 원을 부르는지, 그걸 알아야 안나의 침묵을 설명할 수 있을 테니까.

거래가 이루어질 장소에 혼자 서 있는 사람은 단 한 명뿐이어서 나는 단박에 그가 '조'임을 알아볼 수 있었다. 그러나 조의 가방에서 나온 책은 내가 아는 그것이 아니었다. 파란색 양장본이 아니고 훨씬 얇은 페이퍼백인 데다가 컬러 삽화가 하나도 없었다. 책 앞표지에는 분명 '안심결혼보험 약관집'이라고 적혀 있었으나 확실하게 적혀 있다는 것 자체가 내가 아는 것과 달랐다. 내 반응을 보고 조가 말했다.

"다른 걸 찾으세요?"

"다른 거요?"

"찾으시는 게 혹시 S 타입입니까? 이건 P 타입이라. 제가 미리 확인을 했어야 하는데."

"컬러판 삽화가 포함된 게 S 타입인가요?"

"네. 50권도 안 됩니다. 그 책은."

"갖고 계신 게요?"

"아니, 전체 발행 부수가요. 50권? 넉넉히 잡아도 그 정도……. 혹시 S 타입 필요하시면 제가 알아봐 드릴까요?"

그는 초록색 명함을 내밀었다. 명함에 '손해사정사, 조'라고 적혀 있었다. 그는 구할 수 있다는 장담은 못 한다고 했다. 가격도 P 타입보다 훨씬 세다고 했다.

"그게 파란색 겉표지로 된 하드커버 맞죠?"

"표지 색은 다 다릅니다. 고객 맞춤형이라. S 타입 책은 고객이 가입할 때마다 하나씩 제작하는 방식이었어요. 일련번호도 다 다르니까요. 원하시는 게 파란색입니까?"

"아……뇨, 꼭 그런 건 아니고요. 제가 전에 봤던 게 그거라. 그건 가격이 어느 정도 할까요?"

조가 최근 100만 원 이상을 부른 사람도 있더라는 말을 했을 때 나는 조금 놀라는 시늉을 했다. 아니 실제로 놀라기도 했다. 일단 내 가방에 들어 있는 책이 S 타입 약관집이며 구하기 어려운 희귀본이라는 사실을 안나 아닌 다른 이를 통해 확인받은 걸로도 충분히 놀랐다.

다시 초록색 명함과 그가 들고 있는 15만 원짜리 P 타입 약관집을 들여다보았다. P 타입 약관집에는 정말 보험계약과 청구에 대한 기본적인 사항들만 적혀 있었다. 이 보험사가 만만치 않은 곳임을 알려주는 사례도, 보험금 청구의 과정을 풍자한 삽화도 없었다.

책은 가방 안에 그대로 들어 있다가 내 방의 책상 위로 올라왔다. 새롭게 알게 된 정보를 따라 확인해보니 이 책은 단순한 보험약관집이라고 보기에는 어려울 정도로 불필요한 장식 요소가 많았다. 나는 이 정도가 안나의 행적을 파악하기 위한, 안나를 알기 위한 내 노력의 마지노선일 거라고 생각했다. 벌써 많은 부분을 이 책에 대해 알아보는 데 들였으니 말이다. 동네 기반의 중고 거래 앱을 깔았고, 거래를 한 것은 아니지만 낯선 사람과 만났다. 그런데 한 단계가 더 남아 있었다.

북클럽에 가기로 했다. 미정은 내가 간다고 하니 반색했지만 그녀가 내게 이번 모임에 오라고 직접적으로 말한 적이 없다는 것은 토요일 오후, 속초로 가는 버스에 올라탄 다음에야 떠올린 사실이었다. 장마가 끝나던 날 우리가 한 시간 반쯤 만나 얘기했을 때 미정은 그 한 시간 반 중에 한 시간을 북클럽에 대해 말했고 그 만남이 끝날 때 내게 북클럽에서 다룰 복사본을 주기까지 했다. 그러나 딱히 북클럽에 오라고 하진 않았다. 안나가 내게 연락하려 했으며, 사실상 자기네 북클럽은 누구에게나 열려 있는 형태라는 말을 했을 뿐이다.

여러 요인들이 내가 속초행 버스에 오르도록 만

들었다. 코로나가 퍼진 이후로 1년 반이 넘도록 어디로도 가지 않았는데 어제 내 사수였던 선배가 전화를 걸어와 저번에 자신이 한 얘기를 어디에도 하면 안 된다고 강조한 일이 좀 마음에 걸렸다. 그것으로부터 거리두기를 할 필요가 있었다. 마치 내가 어딘가에 자기 얘기를 흘린다는 의심이라도 하는 것 같았는데, 그럴 거면 말을 하지 말든가. 그는 모르겠지만 군이 배열하자면 그의 정반대 지점에 있는 이의 비밀도 나는 알고 있었다. 비밀을 듣는 것 역시 내 업무는 아니었으나 어느 순간 너무 많아진 것, 내가 계속하고 있는 것 중 하나였다.

그러다 미정에게서 받은 발췌본 속에서 이런 말을 읽게 된 것이다. "내 비밀은 이런 거야. 매우 간단한 거지." 하필 그 문장에 밑줄이 정갈하게 그어져 있었다. 이 밑줄을 그은 사람이 안나일까? 언젠가 안나가 내게 저 말을 한 적이 있고, 그게 안나가 늘 외우고 다니는 상비 문장 중 하나라는 것, 그러니까 『어린왕자』에 등장한 문장이라는 걸 알면서도 나는 뜨끔했다. 안나는 내가 이 책을 빌릴 거라고는 생각하지 못했을 것이다. 나는 이 복사본의 원본을 갖고 있지 않은가. 책을 펼쳐 보았다. 43페이지……, 책에는 어떤 밑줄도 보이지 않았다. 안나가 이 책을 스캔하거나 복사한 뒤에 그어둔 밑줄이란 얘기인가. 그럴지도 모른다는 생각을 하자 가만히 앉아 있을 수가 없었다. 안나가 나를 초대하려고 했다던 북클럽에 가야겠다는 마음이 들었다.

속초는 파랬다. 파란 바다, 그리고 내가 찾아간 그 카페의 외벽도 파랬다. 장마와 폭염을 이기지 못한 로즈마리와 라벤더, 올리브나무들이 조금 헝클어진 상태로 놓인 곳이었다. 6월 마지막 주의 오후 네 시, 바다를 향해 열린 공간은 조도가 풍부해서 별도의 조명이 필요하지 않을 것 같았지만 사람들은 알전구까지 밝혀놓았다. 카페의 벽면에는 마그넷을 비롯해서 이국적인 소품들이 가득했는데 대부분 안나가 여행지에서 사온 것들이라고 했다. 안나가 오래 근무했던 여행사가 이 일대에 있었다. 서울 본사로 옮기기 전까지 6년간 안나는 여기서 일했고 이 근처에 살았다. 나는 북클럽에 30분을 지각했다. 미정은 1분이라도 함께 하는 것이 중요하다며 나를 반겼다. 그리고는 이렇게 속삭였다.

"다른 분들한테는 안나 언니 얘기는 자세히 안 했거든요. 어떤 사정이 있을지 몰라서, 좀 조심스러워서요. 우리 둘만 알고 있는 거로요."

카페에는 이미 여섯 명이 있었고 내가 합류함으로써 일곱 명이 되었다. 나 빼고 모두 그 동네 사람들이어서 내가 줌으로 접속했어야 하는 거였나 하는 생각이 뒤늦게 들었는데, 의외로 너무 큰 환영을 받았다. 카페 사장이 나를 비어 있던 자리로 안내했는데 그곳이 하필 맨 앞이었다. 원형으로 둘러앉은 분위기이긴 했으나 그중에서도 모두의 얼굴이 유별나게 잘 보이는 자리가 있었고 나는 거기에 앉아야 했다. 독서 토론은 계속되었다. 이미 세 군데의 발췌 지점 중에 첫 번째 것을 통과해 두 번째 지점에 도달해 있었다. 몇 사람이 돌아가며 일부 낭독을 했다.

(……) "결혼은 지진이나 화재, 암이나 치매와 다를 바 없는, 누군가에게 벌어질 수도 있고 아닐 수도 있는 그런 일, 그러니 보험이 필요한 세계

다."라는 보험약관 속 문장에 대해서 K의 아빠는 '웃기는 애들'이라고 표현했다. 그는 식탁 위의 둥글고 각진 그릇들을 가리키며, TV 옆의 티슈 상자를 가리키며, 결혼은 한 사회의 그릇이나 상자 같은 거라고 했다. 결혼을 통해 담아낼 수 있는 인간사들이 무수하다면서. K는 아빠의 말에 동의하면서도, 그러나 과거의 결혼이 택배 상자 5호 정도의 크기였다면 지금은 2호 상자쯤 되는 거라고 말했다. 50년 전의 결혼이나 30년 전의 결혼에 비해 지금의 결혼이 다른 모양을 하고 있다면 단지 상자의 크기가 작아진 것뿐이라고 말이다. 크기가 5호에서 2호로 작아졌기 때문에 과거에 비해 결혼이라는 상자 안에 담을 수 있는 것들이 적어져 진짜 중요한 것들만 담을 수 있게 된 것이라고 했다.

　K의 말에 언니가 조심스러운 표정으로 말을 덧붙였는데 결혼은 애초에 2호 상자였거나 어쩌면 1호 상자로도 충분히 담아낼 수 있는 크기였는지도 모른다는 거였다. 오빠가 "그럼 옛날엔 과대 포장이었던 거네?"라고 했고, 언니는 "그렇지,

다른 상자에 담았어야 했던 걸 굳이 결혼 상자에 담은 거지. 자리가 남으니까." 했다. 사회가 해결해야 할 일들을 굳이 결혼이라는 상자 안에, 거기 남아도는 공간에 넣은 거란 얘기였다.

"예를 들면 아이부터 노인까지 건강과 교육과 일자리와 주거와 그 모든 것을 결혼 딱지를 붙인 상자 안에 욱여넣으려고 한 거 아닐까요? 사회가 너무 큰 상자를 놓고 거기에 결혼 라벨을 붙여두니까, 거기에 온갖 것이 다 들어간 거예요."

언니가 그렇게 말했다. 오빠가 "결혼해야 어른이 된다는 식의 논리로 뭔가를 주입하면서 말이지." 했고, 엄마는 "그래서 요즘 결혼을 안 하려고들 하잖아. 부담스러우니까." 했다. 긴 식사가 끝난 후 언니는 설거지를 하겠다고 일어섰는데 엄마는 언니를 자리에 앉히며 "놔둬라, 너희 가면 아버지가 하실 거야. 이런 설거지도 5호 상자에나 들어가던 거다."라고 했다. 아빠도 "그래, 2호 상자에는 그게 안 들어간다고."하며 거들었다.

"그건 결혼 어쩌고의 문제가 아니고요. 부모님이 요리를 해주셨으니 당연히 설거지는 밥을 먹

은 사람들이 해야 하는 거죠." 언니의 말에, 먹은
'사람들' 중의 하나였던 K는 조용히 일어나 싱크
대의 고무장갑을 집어 들었다. K의 오빠가 빈 그
릇을 싱크대 쪽으로 날랐고 설거지까지 함께 했
다. 변화라면 변화였다.

"보세요, 이 부분에서도 드러나죠. 아까도 얘기
했지만 이 보험은 타깃층이 아주 명확한 것 같아
요. 단물 편에서도 그랬지만 K가 언니라고 부르는
그러니까 올케언니죠, 그 언니나 남편인 오빠가
주 고객층 아니었을까 싶은 거죠. 단물 편에서도
보험금 수령을 위한 단합이긴 했지만 결국엔 이
신랑신부의 뜻과 반대되는 이야기를 했을 때 보험
금 운운하면서 그걸 번복하게 만들잖아요?"

"그리고 이 택배 상자 비유도 너무 찰떡이죠?"

카페 사장은 여전히 결혼이 5호 상자만 하다면
자기 역시 그걸 껴안을 자신은 없다고 말했다. 참
석자들은 약관집 속 오빠 부부가 2호 상자에 담은
것과 상자 밖으로 밀어낸 것에 대해 헤아려보았다.

약관집 밖으로 나와서 생각해보면 저마다 작은

상자에 끝까지 담아내야 한다고 믿는 게 조금씩 달랐다. 5호 상자에는 들어가고 2호 상자에는 들어가지 않는 일로 친척 어른의 칠순이나 팔순 자리 참석, 양가의 김장, 명절 전날부터 양가 방문 등이 나왔는데 그걸 듣던 미정이 "명절 연휴 중 양가에서 보내는 시간은 합쳐서 전체 연휴의 10분의 1이 넘지 않도록 하겠다"고 해서 대화가 뜨거워졌다. 그 계산 안에 이동 시간을 포함시켜야 하는가, 그 얘기로 또 토론이 벌어졌다. 참석자 중 하나가 2호 상자의 시대에서는 2세 출산이 선택이라고 한 것에 대해 다른 누군가가 "아무리 시대가 변해도 자녀는 있어야 해요, 물론 제 생각이지만요."라고 말하기도 했다.

"이 책 속에서 K의 부모님도 비슷한 말을 하지 않았나요?"

"맞아요. 여기요. 2세 출산과 양육이 결혼의 완성이다, 라고. 웃긴 건 그 말을 아들, 며느리 앞에서는 못 하고 딸 앞에서 했다는 거죠. 그래서 K만 듣게 되죠. 왜 아들과 며느리 앞에서는 말을 못 했을까요?"

책 속에는 이렇게 적혀 있었다.

(······) K의 오빠는 오래전부터 결혼도 아이도 없을 거라고 얘기해왔던 터라 부모는 아들이 예정에 없던 결혼을 한 것처럼 언젠가 아빠가 될 거라는 걸 의심하지 않았다. 그래서 아들의 딩크 선언을 대충 흘려듣거나 "둘뿐이니까"란 표현을 믿지 않았다. 그러다 어느 날 아들과 며느리가 정말 둘만 살겠다는 얘기를 했을 때, 그들의 아버지는 예상 밖의 말을 했다.

"그럼 뭐, 이제 고양이를 키울 건가?"

"고양이요?" 언니가 그렇게 되물었고,

"웬 고양이요?" K의 오빠도 고개를 갸웃했다. 고양이에 대해서 특별히 생각해본 적이 없는 두 사람이었다. K의 아빠는 그들 앞에서 이렇게 말했다. "그럼 개 쪽인가?"

"예? 아니 뭐 개든 고양이든 동물을 키울 생각은 안 해봤는데. 왜요?"

아빠는 그 말에 엄청난 비밀을 알려주듯이 받아쳤다.

"사람은 뭐라도 키우게 되어 있는데."

이 북클럽에서는 각자가 원하는 방식대로 원하는 만큼만 정보를 공개할 수 있었다. 이름을 무엇으로 불러주면 좋겠냐고 하기에 나는 "자몽 반 개요." 하고 대답했다. 내 말에 그들 중 하나가 "오오, 거지 소녀! 그거 앨리스 먼로죠?" 했다. 내가 웃어 보이자 그는 반가워했다. 언젠가 안나가 앨리스 먼로의 소설 중에 그걸 가장 좋아한다고 했다. 나는 자몽 반 개로 조용히 앉아서 이 북클럽을 지켜보려 했다. 분위기만 보려고 했으나 내게 질문이 날아왔을 때 침묵할 수 없었고, 조금 말한다는 게 필요 이상으로 길어졌다. 내 말은 끝났는데 모두가 뒤에 무언가가 더 있을 거라고 믿는 듯해서 나는 말을 이어 붙였다.

"K의 부모님이 '걔네들'이라는 표현을 몇 차례나 쓰는데, 그게 이 보험사를 가리키는 말이잖아요. 보험사가 여기 나오는 이 오빠 부부에게는 너무나 편리한 단축키인 거죠. 아주 간편한 매뉴얼이 되어준달까요. 정공법만이 전부가 아니라고,

체력적으로 힘들고 시간이 없다면 보험에 기대보라고, 안심결혼보험은 그렇게 말하는 것 같아요. '단물'의 경우를 떠올려도 그렇잖아요? 예단예물이 얼마나 거품으로 가득 차 있는지를 보여주지만 길게 설교하지 않죠. 단지 고객이 직접 보험금을 청구했을 때 비합리적인 구석을 발견해 퇴짜를 놓을 뿐이고요. 고객은 자기 생각이 비합리적이라는 것을 인정하는 쪽보다는 보험사의 퇴짜가 그렇고 그런 술수라고 믿고 싶겠지만, 이런 일이 누적되면 결국 어떤 행위들에 대해서는 기피하게 되는 거예요. 보험금 청구와 수락 혹은 거절의 과정에서 자연스레 도태된다고나 해야 할까……, 이를테면 설 추석 같은 명절은 이 보험에서 언급조차되지 않잖아요. 뒤늦게 특약으로 등장하긴 하지만 그런 배치가 하나의 의도인 셈이죠."

"그게 어떤 의도라는 건가요?" 또 질문이 날아왔다.

"특약과 주계약의 차이 중 하나는 만기 시 환급 여부인데, 주계약은 환급 대상이 되지만 특약은 그런 계산에 포함되지 않거든요. 특약은 언제든 쉽게 중도해지를 할 수 있지만 주계약은 그럴 수 없는 대들보 같은 거라고나 할까요 …… 특약은 선택 옵션이지만 주계약은 존재 그 자체, 이런 구조는 결혼의 본질을 되새기게 하는 데 도움을 주고 있어요. 결혼 자체는 두 사람이 하는 것, 뼈대가 그런 것. 거기에 수많은 특약이 올라타지만 그게 핵심은 아닌 것, 특약 없는 주계약은 존재하지만 주계약 없는 특약은 없는 거니까요. 그 말은 곧 특약으로 존재하는 수많은 것, 이를테면 배우자의 가족이라든가 그것은 언제든지 해지가 가능한 개념이라는 거예요. 그게 '지속 가능한 결혼생활'을 지향하는 보험사의 대전제겠죠. 무엇이 우선순위인지가 확실해지는 셈이라고나 할까. 주계약에 담기엔 다소 노골적인 부분을 특약이라는 자그마한 포켓에 쏙 넣어 담은 거라고 할까요. 문제가 생기면 그 포켓들만 문제 삼아도 되는 거죠. 결혼 전체가 아니라."

이런 분위기를 원한 것은 아니었는데 이미 나는 이 속에 있었다. 그들은 부담스러울 정도로 나를 전문가로 치켜세우면서 이것저것 질문들을 해댔다. 내 앞에서 대화의 흐름이 뭉쳐버린 것이다.

"특약 얘기가 나온 김에!" 하면서 미정은 다음 챕터를 열어보자고 했다. 세 번째 이야기 속에서 K는 너무나 얄밉게 느꼈던 안심결혼보험을 파는 사람, 보험설계사가 되어 있다.

몇 년 전, 김광문(가명, 49세) 씨가 다니던 회사에서 해외 파견근무 얘기가 나왔다. 깡통 인프라로 모두가 마다하는 신생 개발지였다. 그 섬으로는 누구도 자원해서 가려 하지 않았다. 돌고 돌아 그에게 제안이 왔을 때 그는 곧 결혼을 할 예정임을 밝혔다. 1년 안에는 식을 올릴 거라고. 게다가 김광문 씨와 이미 함께 살고 있던 예비신부에게는 전남편과의 사이에서 낳은 다섯 살 아이도 있었다. 김광문 씨는 좋은 아빠가 되고 싶었는데 오지에서 아이를 키울 수는 없었다. 김광문 씨의 사정을 알게 된 회사에서는 본래 서류상 가족으로 묶인 범위에 국한된 것이긴 하지만 예비 식구에 대해서 미리 여러 혜택을 제공해줄 수 있다고 했다. 김광문 씨는 오지로 가는 것이지만 아내와 아이는 미국으로 보내 주재원급 대우를 해준다는 거였다. 고민할 시간이 더 많았다면 어떻게 되었을지 모르겠지만 닷새를 고민한 결과로는 이게 바로 타이밍, 기회라는 결론을 내렸다. 처음에는 그들이 떨어져 사는 생활이 어떨 것인가, 아직 아이가 어린데 미국에서의 적응이 괜찮을 것인가, 김광문 씨 자신도 적도 부근의 작은 섬에서 잘 지낼 수 있을 것인가를 두고 고민했지만 나중에서야 그건 사실 선택 사항이 아니라는 걸 깨닫게 됐다. 진짜 선택해야 할 건 결국 회사를 계속 다니느냐 마느냐일 수도 있었던 것이다. 회사 사정을 뻔히 아는데 이 제안을 거절해도 예전과 같을 수 있을까? 이건 선택의 문제가 아니었다. 결국 김광문 씨는 수마트라의 작은 섬으로 가게 됐다. 그리고 가기 전에 결혼식을 올렸다. 혼인신고도 했다.

2년, 길게는 3년까지도 이어질 수 있었지만 결국 김광문 씨는 기한을 다 채우지 못하고 회사를 그만두게 됐다. 그는 다시 한국으로 돌아왔다. 이번에도 모양새는 선택의 문제였지만 정말 선택권이 그에게 있었던 건 아니다. 회사에서는 아이가 초등학교를 마칠 때까지 경비를 지급해주겠다고 약속해둔 상태였다. 아이가 초등학교를 마치면 그때 가족이 다시 합치기로 했다.

김광문 씨는 자신이 가입한 안심결혼보험에서 '비동거에 따른 고독' 항목이 있는 걸 찾아내고 활용하고 싶어했지만 불가능했다. '자녀 교육과 회사 업무 또는 여행 등으로 장기간 떨어져 있는 경우에는 적용되지 않는다'는 설명이 붙어 있었기 때문이었다. 이걸 제외한 비동거 항목이 뭐가 있단 말인가, 하고 김광문 씨는 생각했다. 게다가 그는 국내 전용 상품에 가입했기 때문에 '보험 가입 기간 중 대한민국 내에서'라는 구절에 발목이 잡혔다.

그때 K가 기러기 특약에 대해 알려주었다. 말 그대로 자녀 교육을 위해 기러기 가족이 된 사람들을 대상으로 하는 특약이었다. '부부, 그리고 1인 이상의 자녀'로 구성된 가족 단위에 적용되었고, 이미 기러기였던 김광문 씨도 가입할 수 있었다. 김광문 씨가 가장 감동한 부분은 주요 5개국 통화에 대한 환율 보장 서비스였다. 급격하게 환율이 오르는 경우 일정 금액을 돌려받는 방식이라는 게 실질적으로 도움이 되었고, 거기에 대륙별, 거리별, 상황별 기러기 가족의 평균적인 연락 횟수를 구체적으로 제시하며 서로에게 연락을 얼마나 자주하는지, 혹시 소홀해지지는 않았는지 알려주는 것도 만족스러웠다. 주기적으로 기러기 가족의 두 개 이상 주소지에 응원 카드를 보냄으로써 기러기의 존재와 학비 및 생활비 납입자의 수고로움을 표면화하는 효과도 있었다. 한마디로 뭔가를 '알아챘다'는 얘기다. 군이 말하지 않아도 될 것 같은 부분에 대해서도 가끔은 말할 필요가 있다는 게 안심결혼보험이 강조하는 부분이었다.

2015년 간통죄가 폐지된 후 결혼보험이 '배우자의 부정행위'라는 항목에 대해 특별히 적용할 수 있는 조치는 없었다. 그러나 기러기는 몹시 특수한 상황을 전제로 하고 있으므로 조금 달랐다. 이 시기는 부부가 서로 노력해야 하는, 자녀 교육을 위해 협력해야 하는 시기였다. 먼 곳까지 날아가 가족을 위해 먹이를 물어 오는 기러기의 행동

이 우스워져서는 곤란했다. 어느 한쪽 배우자의
일방적인 희생을 강요해서는 안 된다는 게 안심
결혼보험의 입장이었다. 보험 가입자가 부부 중
하나이고 가입자 아닌 다른 한 사람의 외도를 증
명할 수 있을 때, 그들이 기러기 특약에 가입된
상태라면 일정 부분 보험금을 받을 수 있었다. 정
신적 충격에 대한 상담도 3회 받을 수 있었다. 어
느 한쪽에 의한 학비와 생활비도 그걸 사용하는
쪽에서 상의 없는 사용, 나름의 횡령, 배임, 편취
로 해석될 수 있는 행동을 한다면 보험금 청구 대
상이 될 수 있었다.

　카페 사장은 이게 자기 얘기라고 우겼다. 그는
스스로를 상상력이 몹시 부족한 타입으로 소개했
는데, 친구가 "너에게 아들이 있다고 생각해봐."라
고 했을 때 "야, 나는 아들이 없잖아."라고 대답하
며 다음 단계로의 진입을 거부했을 정도였다고 한
다. 공감 능력이 부족하다는 말을 많이 들었던 그
가 이 북클럽을 하면서 역지사지를 배웠고, 이제는
모든 이야기가 자기 사례처럼 보인다고 했다. 실제

로 그는 기러기아빠로 몇 년을 살기도 했으니.

"그런 제 입장에서 이번 책은 우리가 비록 발췌해서 보긴 했으나, 굉장히 흥미로운, 삶의 교재였습니다. 우리 모임 고정 멤버 안나 씨가 오늘은 못왔는데, 안나 씨가 자주 하는 말대로 이런 게 스토리텔링의 힘인 거겠지요."

안나가 그런 말을 하는 걸 나도 들은 기억이 있었다. 그러니까 건물의 내진 설계 같은 거야, 스토리텔링이란 건. 내진 설계가 된 건물은 춤추듯이 흔들리지만 그렇지 않은 건물에 비해 덜 무너진다고 하잖아…… 미정은 안나의 영향으로 학교에서도 스토리텔링의 힘을 발휘하게 되었다고 했다.

"생기부, 우리는 생을 기부한다고 해서 생기부라고 하는데 거기에도 정말 찐하게 제 생을 기부하고 있어요. 고사 기간에 친구들에게 빌려주기위해 사인펜이나 수정테이프 등 여분의 물품을 챙겨 옴, 이라거나 디자인 분야에서 대학 졸업자에버금가는 역량을 갖고 있다고 판단함, 이라거나. 보통 생기부에는 관찰이나 견해 조금만 쓸 수 있는데 북클럽 이후로 생기부 문장이 아주 현란해졌

답니다."

"계속 그렇게 쓸 거냐고, 제가 물어봤잖아요."
옆 테이블에 앉아 있던 미정의 동료 교사가 끼어
들었다. "요즘에는 외부 업체에서 사온 문장을 기
재해주길 요구하는 사람도 있어서, 스트레스가 이
만저만이 아니에요. 그래도 정말 생을 기부하는
마음으로 쓰고 있어요. 한 사람씩 앞에 놓고 뭔가
를 쓰려고 하면 결국 몰입하게 되거든요. 이게 글
쓰기의 힘이구나 했어요."

"현대 도시를 살아가는 사람들은 적어도 세 분
야의 전문가를 알아두어야 한다고 말하지요. 의
사, 변호사, 보험설계사. 그리고 다른 둘에 비하면
보험설계사는 문제가 벌어지기 전에 미리 예방하
는 사람이고요. 지난번에 우리가 의사의 고백 한
권 읽었고, 변호사의 고백도 읽었지요. 그리고 이
책에는 K라는 보험설계사가 등장합니다. 그렇게
나와 있지는 않지만 보험설계사의 고백인 셈이기
도 합니다."

"고백 3부작이네요."

사람들은 얼마간 질문 혹은 감상을 더 주고받았

다. 이런 질문도 있었다.

"여기 안심결혼보험에서요. 비동거에 따른 고독 항목이 있고 보험금을 지급하잖아요. 그럼 동거에 따른 고독, 거기에 대한 보장도 있었을까요? 자몽 반 개 님의 의견을 듣고 싶어요. 보험사에 계시니까."

"글쎄요. 그런데 결혼이란 게 동거에 따른 고독을 선택하는 거 아니겠어요? 그건 예상 불가한 일이 아니었을 것 같아요. 그러니 보험사에서 보장해줄 수 있는 게 아닐 듯하고요."

모임 이후에 카페 사장이 구운 치킨을 내주었다. 언젠가 회식 자리에서 친구 관계였던 두 사람이 닭 먹는 걸 찬찬히 보던 안나가 이런 조언을 했다고 한다. "껍질이 쌓여 있는 모습이 보기가 좀 그런데. 순서를 좀 바꿔봐요." 한 사람이 닭 껍질을 떼어내 한쪽에 쌓아놓고 속살만 먹었고, 다른 한 사람은 껍질을 더 좋아해서 수북하게 쌓아놓은 껍질만 집어먹고 있었는데, 안나의 조언 이후 이제는 한 사람이 껍질을 벗겨 먹고 살코기를 두면 다른 이가 바통 받듯 그걸 먹게 되었다. 단지 그렇게 순서를 바꾸었을 뿐인데 두 사람은 연애를 시작하게 되었고. 어째서 그런 시작이 가능했는지는 알 수 없으나, 확실한 건 그들이 이제 닭을 먹을 때 환상의 호흡을 자랑하는 복식조가 되었다는 사실이다. 한 사람이 껍질을 벗겨 살코기를 접시에 놓으면, 다른 한 사람이 그걸 입에 넣고 오물거렸고 잠시 후 그의 입술 사이에서 뼈만 가볍게 밀려 나오는.

　미정이 생기부 식으로 안나 이야기를 전해주었다. "오안나는 두 사람의 닭 먹는 모습을 보며 그들의 특성을 파악한 후 각자에게 맞는 조언을 해줌으로써 관계를 돈독하게 만들어주었음. 이로 미루어볼 때……." 안나는 거기 없었지만 곳곳에 있었다.

4

출근 조가 되어 자리에 앉자마자 제이엘이 내게 메시지를 보냈다. 점심을 같이하자는 거였다. 나보다 네 살 많은데 벌써 실장급인 사람, 제이엘 라인이란 말이 생겨나게 한 사람이었다. 나와는 대학 동문이었는데 입사 초기부터 제이엘은 그걸 좀 챙겨보려고 했고 나는 거기서부터 벗어나려고 했던 게 굳이 말하자면 '우리의' 구도였다. 제이엘로부터 챙김을 받는 게 그리 달갑지만은 않았으니까. 내 사수였던 선배로부터 제이엘과는 웬만하면 엮이지 않는 게 좋다는 것을 배우기도 했고. 그런데 어느 시점에 이르고 보니 내가 제이엘의 비밀도 몇 개 알고 있는 상황이 되어 있었다.

"장어 좋아하나?"

제이엘은 장어집으로 나를 불러놓고서 그렇게 말했다. 내가 그렇다고 하자 그는 자신은 장어를 그다지 자주 먹지 않는다고 했다.

"그렇다면 왜 여기에 왔는지 궁금할 텐데. 좀 우스운 이유 때문이지. 얼마 전에 미국 오레곤주의 고속도로가 한국행 장어들로 인해 통제된 적이 있었지. 트럭 한 대가 전복됐는데, 그 안에 한국으로 수출하려던 장어들이 가득 들어 있었고. 5톤이 넘는 장어들이 도로 한복판으로 튕겨 나갔지. 그 도로 번호가 101인가 그랬을 거야. 캘리포니아에서 시작해서 워싱턴까지 연결하는 도로지. 그 장어들이 어떻게 되었다고 생각하나?"

"도로로 튕겨 나간 장어들이요? 5톤 가까이면 어마어마할텐데."

"장어 중의 일부는 기어코 한국으로 들어왔다는 거야. 물론 약속한 루트를 따라 이동된 건 아니었지."

제이엘은 '왕특'으로 한 마리를 더 추가했다. 그

리고 장어가 우리 불판 위로 왔을 때 고개를 갸우
뚱했다.

"어, 이게 왕특?"

장어집 직원이 "왕특 사이즈예요." 했다. 제이엘
이 고개를 갸웃했다.

"아까 사이즈보다 너무 작지 않아?"

"네, 그런 것 같은데⋯⋯." 하고 내가 고개를 열
심히 끄덕이자 직원이 능숙하게 대처했다.

"사람도 키 큰 놈 있고 키 작은 놈 있고, 넓은 놈
있고 좁은 놈 있고, 그런데 어찌 장어라고 다를쏘
냐. 안 그러우?"

어찌되었든 이 장어는 왕특임에는 분명하다는
거였다. 단지 조금 작은 놈일 뿐. 조금 작은 장어가
노릇노릇 구워지는 동안 제이엘은 그것을 가만히
들여다보면서 "알아보겠어?"라고 했다. 제이엘의
이 수수께끼 같은 화법에는 여전히 적응할 수가
없었다. 밥 먹을 때조차 감정 노동을 하고 싶진 않
아서 "네!" 하고 대답했다. 제이엘은 내 예상대로
"진짜 알아본다고?" 했다. 나는 또 "네!" 했다. 그랬
더니 제이엘은 "역시!" 하면서 내 선배와 나는 다

르다는 식의 말을 했다. 선배는 이 자리에 없었지만 제이엘은 선배 이야기를 벌써 몇 번이나 했다.

"여러 수입산 장어 중에 국산 장어와 가장 유사한 생김새를 가진 것이 의외로 미국산 장어라네."

"확실히 닮았네요."

"뉴스를 보는 순간 그 장어들이 어디로 갔을까 궁금했거든. 여기였어. 여기로도 왔다는 거야."

내가 진심으로 궁금했던 건 왜 이런 이야기를 나에게 하는가, 그 점이었다. 선배였다면 바로 이런 식사 한 번으로 인해서 일주일 내내 소화 불량을 겪을 것이 분명했지만 나는 잃을 것이 없었으므로 제이엘과의 대화를 어려워하지 않았고 그게 선배와 다른 점이었다. 어쩌면 그 점 때문에 제이엘은 내게 비밀을 털어놓은 건지도 몰랐다. 곧 인사 이동이 있을 거라는 거였다. 그러면서 아직 단정 지을 수는 없지만 (이유리에게도) 좋은 소식이 들릴 거라고 했다. 나는 설마 이게 제이엘 라인의 초대는 아니겠지 생각하면서 장어를 한 점 집어 들었다. 제이엘은 "(너에 대한) 검증이 중요하지. 이를테면 정보 유출을 했다거나, 공금 횡령을 했다거나, 허위 사실 유포, 학교 폭력, 기타 등등." 하며 장어 몇 점을 집게로 집어 내 가까이에 놓아주었다. 나는 그의 말 사이사이를 알아서 채워 이해했지만, 모든 말을 이해한 건 아니었다.

"이런 이야기를 하던가?"

누가, 무슨 이야기를? 여전히 수수께끼 같은 화법이었지만 잠시 후 나는 제이엘이 내내 선배를 의식하고 있다는 걸 간파할 수 있었다. 그가 "언더라이터 출신이잖나."라고 말했을 때는 물어보았다. "누가요?" "둘 다." 아마도 그와 선배를 두고 한 말인 듯했다.

"의심이 많지. 어떤 대답에 대해서 여러 가능성을 열어두고 생각해야 하니 직업병이지. 사고로 한쪽 눈이 실명되었다는 정보를 들으면 그게 아니라 녹내장으로 실명한 게 아닐까? 다른 쪽 눈도 위험이 있지 않나? 이런 생각을 하고. 지역적 위험…… 통계적으로도 특정 지역 가입자들이 보험금 청구를 더 많이 하는 경우가 있다 보니 나이는 물론이고 거주지, 직업군, 비만 여부 등등을 하나하나 따져보는 버릇이 지금도 남아 있어. 누가 어떤 말을 하면 과연 그 사람이 왜? 진짜 사실인가? 등등 계속 생각하지. 가령 (이유리가) 알고 있는 게 과연 어디까지일까, 이런 생각도 하지."

"그래서 어떤 결론을 내리셨나요?"

"파악 중이야. 다만 나는 이유리, 자네가 9층에서 일할 만한 인재라고 생각하네. 자네 사수였다고? 그 친구와 비할 게 아니지."

그는 또렷하게 말했다. 나는 화제를 좀 돌리고 싶기도 해서 안심결혼보험 이야기를 꺼냈다. 제이엘은 흥미를 보였다.

"몇 년 전까지도 여기 소속들과 친하게 지냈지. 지금은 담합할까봐 못 모이게 하는데, 그때만 해도 전국의 언더라이터들이 시니어, 주니어, 테마 따라 모임을 많이 가졌지. 그 언제더라? 프랑크푸르트 학회 갔을 때 정말 살갑게들 지냈어. 그때 AS 사람들 중에 재미있는 사람들 많았다고. 어떤 사람은 쇼핑에 너무 빠삭해서 우리가 그 뒤만 졸졸 쫓아다녔지. 그 친구는 뭐 엄마 신발까지 샀다고. 엄마가 265래, 발 사이즈가. 독일에선 신발 선택의 폭이 넓다고 했던 기억이 있지. 보험사 직원과 고객은 별개라고. 직원이라고 다 보험 가입을 하는 건 아니거든. 그 당시에 나만 해도 가족력 있는 거 몇 개만 체크해서 아주 규모 작은 보험 몇 개만 들고 그랬단 말일세. 그런데 여기 AS 소속들은 죄다 가입을 한 거야. 자사 보험, 이거 말이지. 안심결혼보험. 그래서 왜들 가입했냐고 물어보니까 뭐라는 줄 아나? 사은품 때문이라네? 논팽이라고 그때 히트였어. 그거 때문에 회사가 좀 요란해지긴 했지만."

안심결혼보험을 출시한 초창기 AS손해보험에는 '팽이'라는 이름의 로봇 청소기를 가입 사은품으로 제공했다. 그런데 팽이의 배터리가 충전 중에 폭발하는 사고가 생겼다. 폭발 사고를 겪은 집은 오래전에 팽이를 직접 구입했고 그건 AS손해보험사에서 사은품으로 받은 경우가 아니었음에도 불구하고, AS손해보험 쪽으로 불똥이 튀었다. 보험 가입 사은품으로 팽이를 받았던 이들이 뭉치기 시작했고, 폭발한 팽이는 우리 사은품이 아니었다고 주장했던 보험사는 조롱의 대상이 되었다.

보험사에서 어떻게 위험을 방치합니까, 불량 사

은품을 보험 가입의 미끼로 쓴 셈 아닙니까, 비판이 쇄도하는 가운데 당시 보험사 대표에게 어느 기자가 예로 든 김밥 비유가 지금도 인터넷에 떠돌 정도이다. "김밥을 칼로 썰어서 12등분으로 나눴다고 보자면, 지금 이물질이 나온 게 3번 김밥 한 알이고요. AS손해보험에서 사은품으로 돌린 건 8번과 9번 두 알이다, 이런 얘기를 하시는 겁니까, 지금?" 그러면 보험사 대표는 우물우물 대답한다. "김밥 이물질이 아니고 지금 개체 단위로 따로 있었던 로봇 청소기의 폭발 사고이지요? 저희 사은품으로 받은 게 폭발한 게 아니었고요." 그러면 기자는 "아, 지금 계속 같은 김밥이 아니다, 라고 주장하시는데." 대표는 약간 짜증이 난 어투로 대답한다. "김밥이 아닙니다. 격에 맞지 않는 비유는 그만합시다."

그 와중에 사은품의 고장에 대해서 AS를 해준 몇몇 업체가 등장해 비교까지 당해야 했다. 물론 텀블러나 외장하드, 휴대용 배터리 등이라 로봇 청소기만큼 비싼 건 아니었지만 사람들은 기업의 태도를 중시했다. 하필이면 보험사 이름도 AS여서 더 놀림받기 좋았다. AS손해보험인데 왜 AS를 안 해주냐는 식이었다. 결국 AS보험사는 '통 큰 리콜'을 하겠다고 했다. 그래서 탄생한 사은품은 오로지 AS손해보험의 고객들만을 위해 만들어진 것으로, 이러다 보험 말고 로봇 청소기 쪽을 주력으로 삼는 게 아니냐 말이 나올 정도로 고사양 제품이었다. 새 로봇 청소기는 '논팽이(Non-팽이)'라는 이름을 공식적으로 달고 고객들에게 전해졌다. 많은 돈을 사은품 개발에 쏟아붓는 바람에 회사가 크게 휘청거렸다는 말도 있었다.

사은품 때문에 휘청거린 게 사실이냐고 묻자 제이엘은 웃었다.

"그럴 리가 있나? 설사 그렇다고 해도 의심해야지. 보험사에서 일하면 의심이 많아져, 누구나. 그렇지 않은가?"

"전 잘 모르겠는데요?"

"그 말이 더 의심스러운데?"

의심스럽기로는 논팽이도 뒤처지지 않는다. 더 부룩한 식사를 한 후 사무실로 돌아온 나는 튼튼한 의자 등받이에 무게를 실은 채 몸을 회전했다. 안심결혼보험약관집을 펼쳤다. 책 속에서 이 사은품 논팽이에 대한 정보를 더 읽을 수 있었다. 논팽이의 존재 이유가 청소가 아니라고 말할 수는 없지만 단지 로봇 청소기라고 보기엔 좀 수상쩍은 데가 있다. 이 약관집을 읽고 보면 '분당 1500번까지 회전하며 먼지를 빨아들이는 기술'이란 설명이 이렇게 다가오는 것이다. '분당 1500번까지 회전하며 말을 빨아들이는 기술.'

(……) 지름 30센티미터, 높이 11센티미터의 둥근 몸을 가진 논팽이는 영락없는 로봇 청소기의 외관을 갖고 있었지만 먼지만 빨아들이는 건 아니다. 논팽이의 가장 핵심적인 기능은 말을 수집하는 것이다. 수집은 이런 경로로 진행된다. 집진기가 먼지를 모으는 동안 로봇 청소기 내부의 어느 장기에서 말들이 차곡차곡 저장된다. 말을 한 사람이 발화 사실을 잊은 후에도 말들은 청소기 안 깊은 곳에서 오래 웅크리는 것이다. 혹시나 그 발화의 기억을 필요로 할 사람들을 위해, 아닐

수도 있지만 그럴 수도 있으므로, 한번 입력된 말들은 논팽이 안에서 대략 두세 달 정도 보관된다. 두세 달에 한 번, 녹음된 말들을 다시 '원래대로' 버튼을 눌러 지워버리면 그만이다.

물론 논팽이가 방전된 경우에는 먼지든 민감한 말이든 흡입은커녕 인식도 하지 못하지만, 논팽이는 함부로 방전 상태에 이르지 않기 위해 스스로 충전기를 찾아가는 '회귀 모드'를 갖고 있고 그 충전 중에도 포기하지 않는 것이 말 수집 기능이다. 배터리가 10퍼센트에서 11퍼센트로, 11퍼센트에서 13퍼센트로 충전되는 동안 청소는 멈춰도 은밀한 청취는 멈추지 않는다. 무엇이 이 논팽이에게 더 우선적인 기능인지 보여준다. K가 이런 설명을 하면 어떤 고객들은 부담스러워한다. "불법 아니에요? 가정 내 도청 장치랑 다를 바가 없잖아요."라고 말하는 고객도 있다. 그러면 K는 이렇게 설명한다.

"보험사에서 몰래 녹음을 하거나 녹음된 데이터를 확인한다면 그럴 수도 있겠네요. 그런데 처음부터 고객들에게 이 녹음 기능에 대해 밝힐 거고, 원하면 녹음 기능은 꺼둘 수도 있어요. 고객 스스로가 이 안의 데이터를 쓸지 말지를 결정할 수 있는 거죠. 그리고 당사자의 목소리가 함께 포함되어 있으면 엄밀히 말해서 불법은 아니에요. 자동차 블랙박스랑 비슷한 거랍니다. 블랙박스는 원래 자동차 사고를 대비해 설치하는 것이지만 차 사고만 식별해서 기록하지는 않잖아요. 차 안의 대화가 모두 녹음되고 차창 밖의 화면도 저장되다 보니까 사람들이 상상하는 범위보다 훨씬 더 넓은 것을 보고 듣게 되고 때로는 증거 물품으로 나서기도 하고요. 블랙박스를 배우자의 외도를 감시하는 용도로 설치하거나, 시시비비를 가려야만 할 상황에서 강력한 증거물인 블랙박스를 제출하지 않는 사람들이 생겨나는 경우도 그래서겠죠. 블랙박스가 모든 걸 충실하게 기록하는 목격자라는 것을 알고도 시간이 지나면 사람들은 무뎌져요. 누가 내 말과 동선을 듣고 파악한다는 사실을 잊는 겁니다. 만약 말 청취 기능이 불편하면 꺼두면 그만입니다. 그렇지만 논팽이에 저장된 말들로 보험 보장 규모가 정해지다면 생각이 달라질 수도 있습니다."

'지속 가능한 결혼생활'은 가정에서 말의 품격이 지켜질 때 가능하다. 안심결혼보험은 다음과 같은 사례에 대해 보상을 청구할 수 있다. 부부 사이에서 상대방(혹은 상대방의 가족)에 대해 협박, 명예훼손, 모욕, 추상적인 폭언을 가하는 경우 문제성 발언으로 인지하며, 문제성 발언이 3회 이상 발생할 경우(별첨 자료 검토) 특별 조사관이 투입된다. 다음은 문제성 발언의 사례 일부다.

(……)

논팽이는 소리가 들리면 무조건 녹음을 시작한다. 맥락을 고려해 해석하는 건 그 자료를 활용하는 사람들의 몫. 발화자와 청자가 누구인지 어떤 상황인지에 따라 보험 적용 여부가 달라진다. 모든 말이 적대적 의도를 가진 맥락으로 3회 이상 누적되면 보험사에서는 그걸 절대 흘려보내지 않는다. 반복은 핵심이다. 반복에는 상대방을 조종하려는 의도가 반영돼 있다.

모든 가입자에게 논팽이가 배달된다. 싫으면 음성 녹음 기능을 꺼두면 그만이다. 다만 필요할 때 논팽이의 말은 자료가 될 수도 있다는 얘기다.

안나에게서는 여전히 아무 연락이 없었다. 다음 날 초록색 명함의 번호로 문자를 보내면서 내가 한 생각은 혹시 조가 책을 100만 원쯤에 사겠다고 하면 팔아버리자는 거였다. 이게 안나가 애초에 하려고 했던 일이니까. 이 책을 왜 다시 도서관에 반납했는지는 모르겠으나, 안나가 끝내지 못한 일이라는 점 때문에 내가 지금 이 일을 하는 걸지도 몰랐다.

오존주의보가 내려진 날의 오후 네 시였다. 앞 일정이 있던 건물에서 그리 멀지 않은 것 같아 잡은 장소였는데 공원 입구는 완전히 반대 쪽에 있었다. 나는 한참을 돌아가야 했고, 약속 시간보다 20분이나 늦었다. 땀으로 온몸이 젖어버렸다. 이글거리는 태양 아래 움직이는 사람은 많지 않았다. 너무 하얘서 눈이 시릴 정도였다. 대로변을 따라 늘어선 가게들이 모두 반짝반짝 빛이 나는 것처럼 느껴졌고, 그걸 잠깐 봤을 뿐인데도 눈이 시큰거렸다. 그림자의 채도조차 몇 꺼풀 벗겨진 것처럼 보이는 길 위에 조가 서 있었다. 그는 마치 마중이라도 나온 사람처럼 열기 한복판에 서 있다가 나를 발견하고는 안쪽의 그늘진 벤치로 이동했다.

조가 책을 사겠다는 말을 한 건 아니지만, 내가 가방에서 양장본을 꺼낼 때 그의 얼굴에 미세한 표정 변화가 생기는 걸 숨길 수는 없었다.

"원래 S 타입을 갖고 계셨던 겁니까? 아니면 새로 구하신 겁니까?"

왜인지는 모르나 나는 괜히 더 말을 보태게 됐다. "손해사정사라고 하셨죠? 실은 저도 보험 업계에 있어요, 교재를 만들죠." 하고. 그는 "그렇습니까?" 하고는 책을 받아 펼쳐 보았다.

책에는 도서관의 어떤 흔적도 남아 있지 않았다. 이 책이 일산의 어느 도서관에서 빌린 것임을 알아볼 사람은 없을 게 분명했다. 책의 겉면이든 측면이든 도서관의 도장 같은 건 찍혀 있지 않았고, 맨 앞과 뒤의 겉표지에 바코드가 표기된 스티커를 붙여둔 게 전부였는데, 스티커의 모서리 끝이 '여기를 잡고 뜯으세요'라고 말하듯이 삐죽 솟아 있었다. 안나가 왜 이걸 미리 떼어내지 않았는지 의문이었다. 결국 그 책을 자유롭게 만든 것은 바로 내 손이었다. 스티커를 벗겨내면서 어느 비 오던 밤에 안나가 말한 '우리'의 의미를 내가 결국 이렇게 이행하는구나, 하고 생각했다. 그건 지난 밤의 일이었고, 지금 눈앞에 보이는 눈이 시릴 정도로 따가운 햇빛은 이미 그 흔적을 다 소독하고도 남을 만큼 강렬했다.

"중요한 페이지가 없는데요?"

파란 양장본을 이리저리 넘겨 보던 조가 그렇게 말했다. 그가 펼친 부분은 얼핏 보기엔 아무 문제가 없어 보였지만, 페이지 수의 균형이 맞지 않았다. 왼쪽이 280, 그리고 오른쪽이 283이었다. 281-282의 그 페이지 한 장이 증발해 있었던 것이다. 조는 몇 번이나 그 주위를 더듬다가 "일련번호가 있는 페이집니다. 그걸 뜯었네요. 이 책 주인은 알고 있겠는데요? 중요한 페이지가 없다는 걸." 이라고 말했다. 말의 묘한 뉘앙스에 내가 잠시 머뭇거리는 걸 그도 충분히 감지했을 것이다. 그는 잠시 말을 고르더니 "이 책의 일련번호 페이지가 없다는 것은 누군가가 이미 이 책의 쓸모를 알고 활용한 거란 얘깁니다."라고 했다. 나는 서둘러 그 책을 다시 가방에 집어넣었다. 얼굴이 붉어질 것 같았다. 안나는 결국 나를 또 이렇게 만들어버리고 만 것이다.

분명히 안나는 페이지 하나가 없다는 걸 어느 순간 알아챘고, 책을 팔려고 나갔다가 페이지 누락에 대한 이야기를 들었을 테고, 그래서 거래가 불발되고 아무 소용없어진 책을 도서관에 반납해버린 것이다. 그리고 내게는 이런 상황에 대해 아무런 얘기도 해주지 않은 것이다. 내가 안나에게 무슨 기대를 했던 걸까. 안나가 왜 이 책의 도서관 스티커를 떼지 않았을까, 혹시 뗐다가 다시 붙인 걸까. 나는 혹시 모를 상황에 대비해서 뜯어낸 스티커를 버리진 않았다. 뜯어낸 방향대로 돌돌 말린 그 보풀 같은 스티커는 내 책상 서랍에 그대로 있었다. 다시 붙여서 도서관에 반납해버리면 그만이다. 안나보다 몇 주 뒤에 출발해 같은 경로를 따라가고 있는 데서 오는 피로감이 있었다.

"저는 그럼 자전거로 가겠습니다." 조는 휴대폰으로 공유 자전거의 위치를 확인한 듯, 그로부터

20미터 앞에 있는 자전거를 바라보았다. 그러나 그가 자전거에 이르기 전 저만치서 몹시 빠르게 다가온 다른 사람이 그것을 낚아챘다. 낚아챘다는 표현은 적절치 않을 수도 있다. 한 대의 자전거를 향해 다가간 두 사람 중에 조가 조금 더 느렸을 뿐.

"아니면 의지가 부족하거나."

조는 나중에 그렇게 말했다. 그런 경우가 벌써 몇 번이나 있었다는 것이다. 공유 자전거가 귀한 지점에서는 그것을 노리는 이들 사이에 약간의 기 싸움이 벌어지는데 조는 늘 먼저 피해버리곤 했다고.

"공유 자전거 한 대에 뭐 그렇게까지 의미를 두나요?" 그렇게 말했던 나 역시, 실은 무언가를 빼앗겼다. 길 끝에 서 있던 택시를 타려고 했는데 어디선가 빠르게 나타난 누군가가 그 택시를 타고 간 것이다. 조가 가까이 다가왔다. 나는 의지는 넘치는데 단지 걸음이 느리다고 말했다. 그래서 안 나와 함께 걸으면 늘 뒤처지곤 했다.

"택시를 계속 부르는데도 잘 안 잡히네요. 전 지하철역까지 걸어갈 생각입니다. 주말에 차가 퍼져서 수리를 맡겨둔 참인데, 송도까지 가야 하거든요. 송도에서 왔고요."

조가 말했다. 나도 걷기로 했다. 이 땡볕에 서서 막연히 무언가를 기다리는 건 무모한 짓이었다. 조의 목소리에서 약간의 허탈감이 묻어났다. 그는 분명히 기대를 하고 있었던 것이다. 나는 애초에 동네 기반 중고 거래 앱을 사용했던 거고 그가 어디서 출발했든 그건 내 탓이 아니지 않나 싶기도 했지만, 페이지가 하나 없는 줄은 나도 전혀 모르고 있었다고 우기고 싶지만, 하필 오늘 나는 20분을 지각하기까지 했던 것이다. 여전히 폭염이었고, 목이 말랐다. 머리도 아팠다.

"어지럽네요. 오존이랑은 안 맞아요, 정말."

"글쎄요, 오존과 잘 맞는 사람은 없지 않겠습니까?"

"제가 음료라도 사드릴게요. 가지고 가세요."

조는 거절하지 않았다. 우리는 앞에 보이는 카페로 들어갔다. 어서 커피를 그의 손에 쥐여주고 도망치고 싶었는데 코로나로 인한 절차들이 조금 있었다. 카페 입구에서 체온을 재야 했다. 아주 놀라운 일이 아닐 수도 있었으나, 공교롭게도 측정

된 내 체온이 카페 직원을 긴장하게 했다. 얼른 다른 체온계를 내 이마 가까이 가져다 댄 직원이 "또 37.1도 나오는데요, 죄송합니다. 저희 매장은 37도 이상은 입장이 안 돼요."라고 했다. 직원도 당황한 듯 보였다. 믿을 수 없게도, 이 카페에 37도 이상 되는 사람이 온 게 처음이라고 했다. 그렇게 분류된 나는 얼른 폰으로 검색한 내용을 들이밀었다. "37.5도까지는 정상이 아닌가요?"라고 물었지만, 그 직원은 단호하게 "37도 이상은 처음 봐서요. 죄송합니다."라고 대답했다. 내 뒤에서 36.5도로 측정된 조가 엉거주춤 서 있다가 말을 보탰다. "37.5도까지는 정상 체온입니다. 정부 지침이 그래요." 카페 직원은 그렇다면 매니저에게 확인을 해야 하는데, 매니저가 지금 자리를 비워서 조금 기다려야 한다고 했다. 굳이 그 내부로 들어갈 마음이 싹 사라지고 말았다. 정말 안 풀리는 날, 이 질척이는 상황은 대체 뭐란 말인가. 그때 조가 말했다. "제가 사서 나오겠습니다." 내가 얼른 내민 신용카드를 그는 받지 않았다. 나는 체온을 아주 순식간에 떨어뜨리는 음료로 달라고 말했다. 그리고 나무 그늘 아래

벤치에 앉아 저만치서 그가 음료를 사서 나오는 것을 봤다.

잠시 후 그는 아이스아메리카노와 샌드위치를 내밀었다. 그리고 내 옆에 조금 떨어져 앉아, 마스크 끈 한쪽을 벗어들고 음료를 마시고는 자기 몫의 샌드위치를 한 입 베어 물었다. 오늘 시간을 맞추느라 점심도 못 먹고 왔다고 말하면서. 나는 커피를 한 모금 가득 빨아올리면서 가방에서 공연 초대권 봉투를 꺼냈다. 최근에 회사에서 이벤트 용도로 나온 공연표였다.

"이거라도…… 멀리서 오셨잖아요."

그리고 얼른 생각나는 게 있어 덧붙였다.

"죄송한데……, 사실 이번 주말까지예요. 6일 남았어요."

조가 자신이 사 온 샌드위치 포장을 유심히 들여다보더니 말했다.

"이것보단 긴데요."

'당일 생산' 표시를 달고 있는 이 샌드위치는 한없이 무해한 삼각의 자태로 비닐봉지 안에 들어 있었다.

"처음부터 약관집을 살 생각은 없으셨던 거네요. 이미 이 책을 갖고 계셨으니. 본인 겁니까?"

"친구 책이에요."

그것도 엄밀히 말하면 사실은 아니었지만, 나는 그렇게 말했다. 아주 틀린 말도 아니니까. 이렇게 대답을 하고 보니 지금껏 떠올리지 못했던 가능성 하나가 머리를 스쳤는데, 어쩌면 안나가 멀쩡했던 페이지를 일부러 뜯어낸 것이 아닌가 하는 거였다. 안나가 일련번호 페이지를 뜯어낸 후에 도서관에 책을 반납한 것이다. 그렇게 생각하자 또 다른 생각들로 머릿속이 바빠졌다. 조는 친구가 이 보험에 가입했느냐고 물었다.

"저도 몰라요. 책을 팔고 싶어 한다는 것밖엔. 아무래도 이 책이 비싸게 거래되니까 그랬던 거겠죠."

"그 일련번호가 있다는 것조차 모르는 고객이 많습니다. 보험금 수령에 필요한 번호인데, 특정 계약에 대해서만 적용되는 거여서 아마 지금까지는 친구분이 쓰실 일이 거의 없었을 것 같지만. 만약 가입자가 맞다면, 그리고 일련번호를 친구분이 알고 있다면, 제가 그 번호를 활용해서 보험금 수령을 도울 수 있습니다. 전 죽은 보험금이 없도록 하고 싶거든요."

나는 친구에게 말하기 전에 약간의 내용을 미리 알고 싶다고 했다.

"만약 일련번호를 안다면, 그것과 논팽이를 제출해서 이 특약에 대한 보험금을 청구할 수 있죠."

내가 이런저런 경로로 주워들은 바에 따르면, 보험사에서 제공한 그 논팽이가 문제성 발언을 확보했다고 해도 그걸 보험사에 보내서 보험금을 청구하기까지는 수개월이 걸린다. 일단 무수히 많은 서류를 챙겨야 한다. 음성 인식에 도움이 될 수 있도록 음성을 채집하는 일에도 협조해야 한다. 한 과정을 넘어갈 때마다 조금의, 아주 조금의 실비가 발생할 것이다. 여러 개인정보 공개 동의 사항에 체크하고, 확인 작업에서 두 번의 대면 조사를 거친다. 모든 걸 감수하고 인내해서 보험금을 받게 되면 그때 통장에 입금되는 금액은 고작 4, 5만 원 정도다. 그중에 자기부담금 1만 원을 빼야 한다. 게다가 월별로 청구 횟수 제한도 있다. 약관집에는 '비언어적인 표현을 고려하여'나 '계약자의 상황과 맥락을 종합적으로 파악해' '다층적으로 그것을 입증해야만'과 같이 상당히 모호한 표현들이 곳곳에 지뢰처럼 매설된 게 보인다. 추정과 확정, 직접적인 원인과 간접적인 원인, 그 외에도 단어 차이 때문에 보험금이 미지급될 구석이 있는 것이다.

"물론 쉬운 건 하나도 없지만, 이 특약에 대해 청구할 수 있는 보험금은 그리 적은 금액이 아닙니다. 3천만 원은 되니까요. 저는 이 회사에 있었어요. 손해사정사가 되기 전에 여기서 일했죠. 음, 심프 재보험사에서 일하시는군요. 여기 곽진리 씨 계시죠."

제이엘의 이름이었다. 나는 명함을 그에게 준 적이 없었기 때문에 잠깐 놀랐는데, 정보의 출처는 내가 내민 공연표였다. 봉투에 우리 회사 이름이 또렷하게 인쇄되어 있었다. 그는 내가 가진 책을 한 번 더 휘리릭 넘긴 후 일련번호 페이지가 없음을 또 확인했다는 듯 고개를 가로저었다. 나는 그가 말한 3천만 원짜리 특약이 어떤 것에 대한 것인지 알고 싶었지만 그에게 전화가 두 통이나 연달아 걸려왔다. 업무상의 전화들인 듯했다. 그는 빨대가 텅 빈 소리를 낼 때까지 음료를 빨아들인 후 특약 이야기를 듣고 싶다면 한번 자신의 사무실에 들러달라고 했다. 조의 사무실은 심프에서 그리 멀지 않은 곳에 있었다. 나는 조만간 그곳에 가게 될 것 같다고 생각했다.

이틀 후 내가 조의 사무실로 갔을 때, 사무실에는 다른 고객이 있었다. 복도에 앉아 있었는데도 그들의 대화가 다 들려왔다. 내가 아는 그 보험을 둘러싼 이야기였다.

상황을 보면 조 앞에 와 있는 고객이 노 사장이란 사람인데, 노 사장이 결혼 준비를 하던 시점에 그녀가 일하던 면세점에 실수가 생겼다. 고객의 면세품 교환권 정보가 잘못 입력된 거였다. 출국일이 실제보다 앞서 입력된 경우엔 그나마 물건이 일찍 면세품 인도장으로 이동해 있어서 괜찮았지만 그 반대의 경우가 문제였다. 공항에 도착한 고객이 면세품 인도장에 갔는데 물건이 와 있지 않으면 곤란해졌다. 면세점의 특성상 고객이 시내에서 바로 물건을 받을 수가 없으니. 결국 신혼여행을 코앞에 두고 있던 그녀, 노 사장이 출국하는 길에 물건을 찾아오기로 했다. 부피와 무게가 적은 넥타이니 번거롭긴 해도 부담 없이.

"그러니까 내 명의로 찾긴 했는데 엄밀히는 내가 그 넥타이를 산 게 아니었다고. 구매 영수증도 나한테 없고. 그런데 이 보험사에서 면세품 인도 내역을 확인하더라? 그러더니 같은 달에 있었던 내 구매 내역, 넥타이 하나랑 함께 묶더니 이 넥타이 두 개가 비합리적 소비라나? 한마디로 낭비했다, 사치했다, 그러는 거지."

잠시 아무런 목소리가 들리지 않았다. 아마도 조가 뭐라고 말하고 있는 모양이었다. 다시 노 사장이 말하자 대화의 토씨 하나까지 또렷하게 들려왔다.

"넥타이 한 개면 상관없는데 같은 브랜드 넥타이 두 개면 문제가 되느냐, 그게 말이 되냐, 기관에 전화해보자, 적극적으로 나갔더니 또 방어를 또 못해요. 무슨, 무슨 서류를 제출하라고 귀찮게 하는데 다 해줬지. 동일 브랜드 동일 제품의 경우 한 건만 인정한다나? 두 건 구매가 발견될 경우 무효로 한다. 아니, 그게 약관에 있었다는데 발견도 못할 만큼 어디 구석에 있었다니까. 지들도 몰랐을 거야, 아마. 부랴부랴 찾은 거지. 넥타이 하나는 업무의 연장이었다, 내가 구매한 게 아니라고 할 수도 없고, 그랬다가는 나를 무슨 면세품 불법 유통으로 어디 신고할 것만 같았다니까. 징글징글, 어우. 거기 사람들이 얼마나 지독한지. 이번에 이 건은 확실히 해낸다, 내가!"

그리고 문이 벌컥 열렸다. 동시에 내부의 에어컨 냉기가 내게도 확 끼쳐 왔는데 고객에 이어 나오는 조의 얼굴은 몹시 더워 보였다.

조의 사무실에 S 타입 책이 한 권 더 있다는 게 신기했다. 조가 그 책에서 일련번호 페이지를 보여주었다. 긁는 복권처럼 생겼고, 내부 숫자가 가려져 있었다. 이런 상태라면 팔 수 있는 책, 이라고 조가 말했다. 그 말인즉슨, 보험 가입자와 일련번호가 1:1로 이미 매칭되어 기록된 건 아니라는 얘기였고, 그게 이 책이 거래되는 이유였다. 조는 약관짚을 잃어버린 가입자들이 일련번호 페이지를 구한 후 이 특약 보장을 받을 수 있도록 도왔다.

"여깁니다. 519쪽. 기후 공감 특약."

지금은 앱 하나만 깔아도 숨은 보험금을 쉽게 찾아주는 시대인데, 그래도 사각지대는 존재했다. 약관집을 꼼꼼하게 읽어보는 이들은 여전히 드무니까. 안심결혼보험을 넘겨받은 새로운 손보사에서는 법이 허용하는 범위 안에서 이 보험의 지나친 거품들을 모두 제거했다. 그럼에도 불구하고 그대로인 것은 몇 개의, 보험금을 타낼 가능성이 아주 희박해 보이는 특약 정도였는데 그중 하나가 바로 이 책의 519페이지에 있었다.

조의 말에 따르면 이 특약에 가입한 사람은 50명이 채 되지 않았다. 시간이 더 흘렀다면 어찌 되었을지 모르나 이 특약이 생겨난 게 2017년 11월이고, 안심결혼보험의 모든 신규 가입이 중단된 게 2018년 1월이니 이 특약에 대해 아는 이도 거의 없었을 것이다. 내가 가지고 있는 파란 책은 2017년에 추가된 특약들 때문에 만들어진 거라고 볼 수 있고, 최대 50명 정도의 사람들이 지금 기후 공감 특약에 대한 보상을 청구할 수 있는 조건에 있었다. 조는 이미 보험사를 떠나온 상황이라 여러 제약이 있었지만, 자신이 알고 있던 경로를 모두 더듬어 그들의 절반에게 연락을 했다.

"그 말은 곧 고객 정보를 들고 나왔다는 말이네요? 그렇게 시스템이 허술했나요?"

"제가 손바닥에 적어 나오는 것까지 막을 수는 없으니까요. 연락처만 적어 나왔습니다. 사명감이라고 해야 하나, 부채감이라고 해야 하나. 그런 것 때문이기도 하고."

연락처를 활용할 일은 전혀 없었다고 조는 강조했다. 그러다가 지난해 중반에야 연락할 이유를 다급하게 찾게 되었다고 했다. 조는 자신이 갖고 있던 연락처를 보고 전화를 걸었다. 기후 공감 특약에 대한 보험금을 받을 수 있으니 꼭 찾아가라는 말을 하기 위해서였다. 연락한 절반 중에 3분의 1 정도는 아직 결혼하지 않아 청구 조건에 해당하지 않았고, 3분의 1 정도는 약관집 그러니까 일련번호를 갖고 있지 않았으며, 3분의 1 정도는 연락 자체가 닿지 않았다.

"일련번호까지 제가 알고 있었으면 좋았을 텐데 싶었지만 그건 불가능했습니다. 전화를 했더니 무조건 방어적인 분들, 이 특약에 가입한 적이 없다고 다짜고짜 우기시는 분들도 은근히 있어서. 보험사에서는 이런 거 알아서 연락을 해주지 않거든요. 굳이 얘기해줄 필요가 없죠. 입증하기까지도 오래 걸리고. 사람들이 많이 하는 말이 뭔줄 아십니까? 내 결혼생활이 지구 온도랑 무슨 상관이죠? 그게 그렇게 밀접한 관련이 있는 줄은 몰랐는데요? 기후 문제에 저는 아무 영향을 끼친 게 없습니다만? 그럼 제가 결혼생활을 잘하기 위해서는 지구의 온도가 내려가야 한다는 건가요? 코로나가 터졌는데 제가 왜 돈을 받죠? 이건 혹시 재난지원금인가요? 기타 등등. 어찌 보면 황당한 이야기죠. 그래도 여러 어려움 속에서 여섯 사람이 보상을 받았습니다. 지난해, 그리고 올해 초까지."

3천이라니. 그래도 안나가 보험 가입자일 리는 없었다. 안나가 아무리 스토리텔링을 즐긴다고 해도 도서관에서 우연히 책을 발견한 지점부터 굳이 꾸며내서 내게 전달할 필요는 없으니까. 안나는 지금 내가 겪고 있는 이 과정을 몇 주 전에 다 거친 후에 일련번호 페이지를 뜯어냈을 것이다. 그리고 이 보험금을 본인이 수령할 수 있는 가능성을 찾아 애쓰고 있는지도 모른다. 가입자가 아닌데도 그런 게 가능하다면 말이다. 아니, 가능할 리가 없지 않은가?

(……) 2016년 말, K는 캘리포니아에 사는 친구를 만나러 갔다. 그들이 접선한 장소는 샌루이스오비스포라는 작은 도시의 한 리조트였다. 친구는 캘리포니아에서 와인 사업을 하고 있었다. 그들이 골프를 치고 돌아와 자쿠지에 몸을 반쯤 담그고 있었을 때, 친구가 "재미있는 걸 보여줄까?" 하고는 인스타그램 게시물 하나를 보여주었다. 바로 이 리조트, 이 자쿠지가 담긴 게시물이었다. 같은 장소 다른 느낌이라고 해야 할까. 자쿠지는 그대로였지만 하늘의 색이 달랐다. 현재 그들이 있는 곳 뒤로는 별이 총총한 짙푸른 밤하늘이 펼쳐져 있었지만, 인스타그램의 사진 속 하늘은 시뻘겠다. 자쿠지 뒤로, 바로 이 리조트를

둘러싼 삼림이 불타고 있는 게 그대로 찍힌 것이다. "바로 1년 전 풍경이네. 산불이 여기까지 다 덮쳤던 거지." 친구가 K에게 그걸 보여주면서 덧붙였다.

"2년 전에도 1년 전에도 산불로 엄청난 손실을 입었는데 올해라고 다를 거라고 예측할 수가 없어. 너는 보험업을 하잖아? 보험금 지급할 일이 많아졌다고 느끼지 않나? 그건 다 기후와 연관되어 있어. 결국 이걸로 인해 보험료를 대폭 올려야만 할 거고, 그러고도 감당이 되지 않겠지. 나는 앞으로 지구에 탄생하는 모든 것은 그게 빵이든 자동차든 제도든 무엇이든간에 지구 수명을 덜 갉아먹는 쪽으로 움직이겠다는 암묵적인 약속을 해야만 한다고 봐. '기후 슬픔climate grief' 그걸 빼놓고 사업을 할 수는 없을 거야. 이제. 어떤 것이든."

이 이야기는 약관집 속의 스토리텔링일 뿐이지만 조는 이 기후 공감 특약의 탄생으로 인해 AS손해보험이 조금 회생할 기틀을 마련했다고 알려주었다. 투자자의 요구를 반영한 결과였는데 그것이 지금에 와서는 굉장히 앞서간 결정처럼 해석되기도 했다.

지금도 글로벌 보험사들은 석탄업에 보험 적용을 하지 않는다는 식의, 기후 위기를 고려한 결정들을 하고 있다. 기후 보험도 세상에 등장한 상황이다. 그러나 안심결혼보험에 기후 공감 특약이 등장했던 당시에는 '저탄소 가정'과 같은 개념이 지금보다 낯설었다. 탄소 배출을 줄이는 노력을 하는 가정이라는 뜻이다. 이를테면 가정에서 킬로그램당 탄소 배출이 높은 소고기나 돼지고기, 양고기보다 과일과 채소, 콩, 곡물을 이용한 이른바 저탄소 식단을 꾸리거나, 환경부 인증을 받은 저탄소 식재료를 선택하는 것. 나무를 심은 내용을 기록하고, 항공 이동 궤적을 기록하고, 그것을 석유 배럴 단위로 환산하여 표기하는 것 등등…….이 페이지는 결혼생활이 기후에 미치는 영향에 대한 어느 대학의 연구 결과를 인용하면서 시작되는데 한국이 온실가스 배출국 7위를 한, 기후 악당이라는 말을 두 번이나 반복한다. 이러한 기후 악당 국가에서 새 살림을 시작하는 부부에게는 기후 공감 능력이 필수적이라는 말도 뒤따른다.

"2인 이상 가구는 1인 가구에 비해 쓰레기를 덜 배출한다. 2인 이상 가구가 되는 방법 중 하나—결혼은 지구가 앓는 쓰레기 문제를 줄일 기회를 당신에게 제공한다."

이 문장에 가입자가 동의하면, 보험사는 가입자의 결혼생활이 지구환경에 미치는 영향을 치졸할 정도로 추적한다. 소고기나 아보카도, 치킨, 비행기 등과 함께인 일상이 잦으면 기후 공감 능력이 현저하게 결여된 것으로 평가받는다. 특이한 것은 이 특약의 디폴트값이 이미 마이너스로 설정되어 있다는 것이다. 따라서 지구를 위한 어떤 행동이나 선택을 했을 때 보험금을 받는 방식이 아니고, 기본적으로 기후 슬픔 비용이 보험료에 추가된 후, 가입자가 지구를 위한 어떤 행동이나 선택을 했을 때 뒤늦게 그것을 구체적으로 증명해야 하는 방식이다. 예를 들어 저탄소 인증 식재료나 FSC 인증을 받은 제품을 산 후 구매 영수증과 제품 사진 등 6종 서류를 통해 그 구매를 증명할 수 있다면 디폴트값으로 이미 납부한 금액을 돌려받을 수 있다.

"지구를 위한 어떤 행동이나 선택을 했을 때 증명한다고 했는데, 예를 들면 내가 탄소 발자국 수치가 높은 아보카도를 사지 않고 있다, 이건 어떻게 증명하죠?"

조는 "기본적으로 다 사는 걸로 치는 겁니다."라고 했다.

"내가 아보카도를 사지 않아도?"

"그렇죠. 기본적으로는 다 사는 것으로 이미 계산되어 있고, 거기서 빼주는 거예요. 고객이 증명 활동을 하면."

"그러니까 어떻게 증명한다는 걸까요?"

영수증을 첨부하면 됩니다. 아보카도가 들어갈 수밖에 없는 자리에 그 대신 이걸 샀다, 는 식으로 다른 선택을 증명할 수 있는 영수증을 첨부하면 돼요. 약관집에 구체적으로 나와 있지는 않지만, 예를 들면 아보카도만큼이나 비타민과 미네랄이 풍부한 다른 채소들요. 셀러리나 케일 같은 것. 당연히 국산으로, 제철 채소로."

"내 의지와 노력을 증명하기 위해서는 어떤 식으로든 소비 영수증이 필요하다는 거군요?"

"아보카도를 사지 않는다……. 이건 나의 다짐이지만 보험금 청구는 다른 차원의 문제입니다. 아보카도를 사는 대신 케일을 샀다, 아보카도를 사는 대신 셀러리를 샀다, 그 영수증을 제출하면 간편해집니다. 대부분 이런 식으로 이루어지죠. 소고기라든가 크릴오일이라든가 사실 이런 소비는 식재료 구매 때만 증명할 수가 있어요. 다른 분야에서는 조금 더 까다롭거든요. 긴 고민을 하고 싶지 않다면 몇 개의 제휴사에서 소비를 하면 됩니다. 이런 브랜드, 그리고 이런 거, 이런 브랜드. 보시면 알겠지만 약간 가격이 비싸죠. 그렇지만 그것을 기꺼이 감수하면 나의 노력을 증명할 수 있습니다."

거기에 약간의 맹점이 있었다. 나중에 보험사에서는 나의 환경보호를 증명할 수 있는 소비 내역을 예시로 보여주기 시작했고, 보험사와 제휴를 맺은 업체들이 거기에 등장했다. 그 업체들의 무언가를 소비한다면, 그건 큰 노력 없이 기후 공감 능력을 증명받는 행위가 되는 것이다. 그러나 그런 식으로 증명해서 디폴트값으로 납부된 금액을 돌려받는다고 해도, 환급금이 그리 크지는 않은 데다가 그마저도 "이를 위한 청구 행위에서도 어떤 탄소 발자국이 30년 이상 된 소나무 한 그루를 죽이는 정도가 되지 않도록 주의하라. 그럴 경우 보험금 지급이 어려울 수 있다"와 같은 문장이 따라붙는다.

"때에 따라서는 AS손해보험과 제휴 맺은 업체들, 그러니까 인증받은 업체에서 굳이 불필요한 소비를 하고 환급은 그보다 적게 받을 수도 있다는 겁니다. 들인 시간과 노력에 비해 환급되는 건 소액이니 지난한 과정을 참으면서 보험금을 청구하기란 쉽지 않죠."

조의 말에 따르면 이 페이지에서 가장 작은 크기로 적힌 문장 몇 줄이 핵심이라고 했다.

(……) 이미 인간에 의한 여섯 번째 지구 대멸종은 시작되었다. 그 흐름의 방향을 바꾸기 위해 노력할 의무가 우리에게는 분명히 있다. 당신의

노력에 지구가 반응하고 있음이 믿을 만한 기관에 의해 증명되면 보험사에서는 기후 공감 특약에 대한 보험금을 지급한다.

조는 "지구가 반응하고 있음이 믿을 만한 기관에 의해 증명되면"이라는 문장을 가리켰다. 작년까지만 해도 기후 공감에 대한 보험금을 받은 사람이 한 명도 없었다. 지구 생태가 회복되고 있다는 신호를 보여준 적이 한 번도 없었으니까. 이 특약은 애초부터 무언가를 기대하고 가입한다고 볼수는 없는 거였다. 기후 슬픔 비용은 인간으로 태어난 이상 어쩔 수 없이 기본적으로 감당해야 하는 지점으로 여겨왔던 것이니 기후 위기를 막기위해 적극적으로 동참하자는 일종의 캠페인 비용처럼 통했던 것이 사실이다. 그런데 코로나가 변수가 됐다.

"코로나가 이 특약 문장을 다시 살펴보게 만든겁니다. 최초로 이 항목을 찾아낸 사람은 88세의 가입자였어요. 그분은 2017년 11월, 85세에 이 특약에 가입했었는데 다른 항목에 대해서는 한 번도 뭘 청구한 적이 없지만 이 특약을 발견하고 제게 연락을 해왔습니다. 그때는 저도 이미 보험사를 떠난 뒤였고요. 그렇지만 이 보험금이 왜 가능한지 그분 덕에 알게 됐죠. 그리고 그분에게 3천만 원이 넘는 금액을 받게 해드렸습니다. 지난해에요. 약관집을 그렇게 꼼꼼하게 읽는 사람은 저도 처음 봤습니다."

"코로나가 이 특약을 살펴보게 했다는 게 무슨 말인가요?"

"코로나의 역설이랄까, 지구가 아주 잠깐 회복되는 듯이 보인 여러 지표들이 있습니다. 이를테면 이거 봐요. 생태 용량 초과의 날, 그러니까 지구의 1년 치 자원을 우리가 언제 다 탕진하고 있는지를 계산한 건데. 이 그래프를 보면, 1970년대 이전에는 1년 내내 그러니까 12월까지 쓸 수 있었는데 1999년에는 10월 초였고, 2009년에는 9월 중순, 2016년에는 8월 초, 8월 8일이네요. 8월 9일부터 그해 말까지는 갚을 길도 없으면서 지구 자원을 앞당겨 쓴 셈이지요. 2019년에는 7월 29일까지 갔어요. 이렇게 점점 앞당겨지던 생태 용량 초과의 날이 2020년에는 8월 22일이었고. 코로나의 역설입니다. 모든 게 멈추니까 오히려 한 달쯤 더 살수 있게 되었다는 거죠. 이 반대 방향으로 늘어난 지수, 이걸 보험사에서 자료로 인정해준 거예요."

그러니까 '그 흐름의 방향을 바꾸기 위한 노력'에 대해 보인 '지구의 반응'으로 말이다. 조는 태블릿 PC 안에 있는 다른 자료들도 보여주었다. 2020년, 사람들의 활동이 위축되면서 대기오염 물질과 이산화탄소 배출량 등이 전년도에 비해 감소되었다는 것을 보여주는 지표였다. 세계적으로도 그렇고 국내만 놓고 봐도 그랬다. 일산화탄소 평균 농도, 이산화질소 농도, 오존 농도 등이 모두 전년도에 비해 줄어들었다.

"물론 자세히 보면, 그렇다 해서 2020년에 지구 기온 상승이 더뎌진 건 아닙니다. 보험사에서는 그런 자료들로 대응하더군요. 그렇지만 어쨌거나 모든 그래프가 2020년에 머리를 살짝 구부린 건 사실이죠. 다퉈볼 소지가 충분했고, 그분은 받으셨습니다."

"친구에게 어떻게든 연락을 해볼게요. 만약에

친구가 보험 가입자가 아니라면 이걸 받을 수는 없는 거겠죠?"

바보 같은 질문이라는 생각이 들었지만 나는 그렇게 말했다.

"이론적으로는 불가능입니다."

"보험 가입자인데 일련번호 페이지를 잃어버렸다면?"

"몇 분은 그래서 진행을 못 하셨죠. 어디서 일련번호 페이지를 구하지 않는 한."

"논팽이도 필요해요?"

"물론입니다."

"가입자가 아닌데 일련번호 페이지와 논팽이를 둘 다 갖고 있다면요?"

"이론적으로는 불가능이죠."

"이론적으로 불가능하다는 게 뭐죠? 그럼 다른 방법은 뭐가 있다는 건가요?"

조는 가볍게 웃고는 "집요하시네요." 했다. 그리고 "눈이 초롱초롱해요, 지금."이라고도 했다.

"보험 가입자와 결혼을 하면 됩니다. 내가 가입자가 아니더라도, 보험 가입자랑 결혼을 하면 이 특약 보험금을 받을 수 있는 거니까요."

"그게 말이 돼요?" 예상치 않은 답에 나는 웃었다. "이 보험금 받겠다고 결혼을 하라고요?"

"3천만 원인데요. 또 모르죠, 결혼할 가능성이 있는 사이였다면 앞당길 정도는 되지 않겠습니까. 기한이 얼마 안 남았는데요. 그런데 본인이든 애인이든 이런 특약의 존재를 모르는 사람이 많습니다. 알면 고민해보겠죠."

"그렇다 해도, 그럼 평소에 지구 환경보호를 위한 노력을 했어야 하는 거잖아요?"

"이론적으로는 그렇습니다만, 아니어도 제품 몇 개를 구매하면 가능합니다. 그리고 이거 봐요. 약관집 어디에도 '우리'라는 말이 등장하진 않습니다. 그런데 여기 이 기후 공감 특약에만 등장합니다. 이건 가구당으로 계산되는 거니까요. 가구 단위로 노력한 걸 증명만 해도 되는 겁니다. 내가 아니더라도 내 배우자가 지구 환경을 위한 노력을 기울인 상태면 되지요."

나는 조가 내민 화면을 계속 들여다보았다. 생태 용량 초과의 날 말이다.

"올해는 다시 7월로 앞당겨졌군요."

"아마 점점 그렇게 되겠죠, 특별한 것이 없는 한. 게다가 모든 지표들은 최근 1년 이내 것만 유효합니다. 그러니 시기가 얼마 남지 않은 거예요."

"손해사정사님은 가입하셨어요? 이 회사에서 일하기도 하셨잖아요."

그는 지금까지 내가 본 중에 가장 큰 목소리로 웃었다. 그러더니 이렇게 말했다.

"저는 가입이 되어 있고, 게다가 아보카도도 안 먹습니다. 아쉽게도 저 역시 결혼을 한 상태가 아니라서 이 보험금을 받을 수는 없게 되었지만요. 기한이 얼마 안 남았습니다. 어떻게…… 괜찮나요?"

"뭐가요?"

그렇게 말하는 내 표정이 뭔가 웃겼는지 우리는 동시에 웃음이 터져서 한참 웃고 말았다. 어깨가 흔들릴 만큼 웃어본 건 꽤 오랜만이었다. 조의 어깨 너머로 여름 저녁 하늘이 요란하게 물드는 것이 보였다.

출근길 엘리베이터에서 이런 말을 들었다. "축하드려요!" 거의 내 귓가에 대고 속삭이는 듯 가깝고 크게 들리는 말이어서 몸을 움츠렸다. 언젠가 내게 "이거 너만 알고 있어!" 하고 무언가를 말해주던 목소리 중의 하나 같았다. 이 회사에서 보낸 시간이 벌써 10년째인데, 그동안 내가 모은 비밀들을 헤아리자면 이 엘리베이터를 가득 채우고도 남을 거라는 생각을 했다. 입사하자마자 이상하게도 "당신만 알고 있어요" "어디 가서 말하진 말고요." 하면서 내게 비밀을 공유해주는 사람들이 많았고, 처음에는 이게 무슨 테스트인가 싶을 정도였다. 막다른 골목이나 고해소처럼, 내 앞에 와 웅크리는 말들이 꽤 있었고, 그런 경로를 아는 사람들이 아주 없는 것 같지도 않아서 부담스러웠다.

내가 들은 것 중에는 진짜 흥미진진한 것도 놀라운 것도 있었지만 이게 왜 비밀인가 싶을 정도로 사소한 것도 있었고 차라리 듣지 않는 게 더 나았을 것도 있었다. 종종 궁금했다. 안 듣기를 선택하는 것이 가능한 일이었던가……. 이런 생각을 한다는 것 자체로 내가 이미 지쳐버렸음을 인정하는 기분이 들어 힘이 쭉 빠졌다. 나는 스프링이나 댐퍼가 아니다, 그렇게 중얼거리면서 그것들이 의자에서 뚝 하고 끊어지던 순간을 떠올렸다.

이런 장면을 상상해보기도 했다. 이 회사 내의 비밀 구조를 그리다가 그 모든 비밀의 갈래들이 모두 모이는 곳, 그 교집합 지점에 혹시 내가 서 있는 게 아닐까, 누가 조용히 다가와 내게 이렇게 말하는 것이다. "이제 그만 회사를 떠나주십시오. 그동안 당신은 수많은 테스트를 잘 통과했지만 그 과정에서 누구보다 많은 비밀을 알게 되어 더 이상 우리 회사에서 감당하기가 어렵습니다. 비밀과 비밀이 겹쳐서 당신이 여러 사건의 유일한 목격자가 된 셈이지요." 그럴 법했다. 나는 너무 많은 일들을 목격해왔다. 구애를 거절당한 사람이 그 대상을 어떻게 짓밟았는지, 사기에 가담하길 제안받은 사람이 가진 선택권이 얼마나 적었는지.

"들으셨죠? 2단계 소문이 있던데! 두 단계요, 와, 전 무슨 거리두기 얘긴 줄 알았잖아요!"

이번에는 다른 목소리가 내 옆구리를 쿡 찌르면서 속삭였다. 소문에 아주 빠른 동료였다. 아직 공

식적으로 발표가 난 것은 아니지 않냐고, 그 동료
가 말했다. 내가 비공식적으로는 어떤 이야기라도
들었을 거라고 믿는 듯했는데 어째서 그렇게 생각
하는지 묻자 동료는 "제이엘"이라고 말했다.

책상 위 풍경을 다 안다고 생각했는데 의자를
빙글 돌려 보니 흰 벽에 전혀 다른 세계가 있었다.
책 그림자가 너울거리고 있었다. 책상 위에 올라
가 있을 때는 몰랐는데 그림자로 보니, 책들은 전
혀 다른 이야기를 하고 있었다. 마치 절벽 아래로
투신할 것처럼 아슬아슬하게.

이제 잘못 걸려온 전화를 받지 않아도 되는 걸
까. 책상 위에는 내가 해야 할 일들이 쌓여 있었다.
나는 그것들을 빠르게 처리한 후 열흘간 자리를
비울 준비를 했다. 내일부터 여름휴가가 시작되고
모든 것이 잠시 멈출 것이다. 튼튼한 의자에 기대
어 앉아 몸을 왼쪽으로, 오른쪽으로 빙글빙글 회
전시키면서 휴대폰 속의 오래된 영상을 들여다보
았다. 해파리의 움직임이 사람의 마음을 편안하게
한다는데 내게는 꼭 그렇지만도 않은 것 같았다.
수족관의 물빛 혹은 조명 빛이 그 책 표지와 닮아

서일까, 마음이 오히려 조급해졌다. 이 영상 자체가 오래전에 안나가 찍은 거여서 그럴 수도 있고.

우리가 스물한 살 때 같이 살았고, 그 이후 교집합보다는 각자의 여집합을 챙기면서 지냈다고만 생각했는데 돌아보니 안나와 함께한 순간이 아주 없지는 않았다. 2박 3일 오키나와 여행은 불과 5년 전의 기억이니까. 그것은 내 폰에 가장 최초의 기억처럼 남아 있다. 5년째 같은 폰을 쓰고 있었기 때문이다. 그 여행 이후로 안나가 등장한 시점은 몇 차례 되지 않는다.

5년 전의 여행이 어떻게 시작되었는지는 명확히 기억나지 않지만 오키나와에서 우리는 해마다 함께 여행하는 사람들처럼 자연스러웠다. 우리가 잠들기 전까지 계속 수다를 떨었다는 사실은 아주 또렷하게 기억난다. 호텔 방의 어둠 속에서 안나가 말했다. 오늘 본 상어의 몸통이 모두 9등분이었다고. 그날 오전에 봤던 추라우미수족관의 상어 모형 얘기였다. 그건 몇 개의 조각으로 나뉘어 있어서, 레일 위의 서랍을 끌어당기고 밀어 넣듯이 움직이며 관찰할 수 있었다. 안나 말에 따르면 모두 9등분, 아홉 개의 조각이었고 내 기억으로는 8등분, 여덟 개의 조각이었다. 사실 상관없었다. 9등분이든 8등분이든. 그러나 안나가 다시 불을 켜고 자신이 찍은 사진을 보여주는 바람에 쓸데없이 판이 커졌다. 내게는 안나가 오류를 일으킨 부분이 보였다. 안나가 금이 가지 않은 부분을 두 개로 본 거였다. 사진 속 꼬리 부분은 실은 여덟 개였으나 겹쳐져서 그렇게 보이는 거라고 나는 말했다. 안나가 인터넷에 떠도는 이미지까지 보여줬는데도 나는 믿지 않았다. 그게 뭐가 중요하다고 이렇게 얘기가 길어지나 싶어 피곤하게 느껴졌다. 내가 9등분이라고 했으면 어쩐지 안나가 8등분이라고 우길 것 같은 기분마저 들었다.

우리는 다음 날 아침을 먹은 후 결국 수족관에 다시 갔다. 택시까지 불러서. 단체로 온 유치원 아이들이 상어의 단면 앞에 바글바글 모여 있었기 때문에 주변을 맴돌며 한참 기다려야 했다. 상어의 피부 단면을 만지작거리거나 구멍에 손을 집어넣고 상어의 이빨을 더듬으면서 때를 기다렸다. 그리고 마침내 우리가 단면 앞에 서게 됐을 때, 상어의 몸통은 머리에서부터 하나씩 세어봐도 열아홉 개였고, 꼬리에서부터 세어봐도 열아홉 개였다. 여덟 개도 아홉 개도 아닌 열아홉 개. 황당했지만 안나는 안나답게 우겼다.

"어제 그 애가 아닌가봐."

나는 못 말린다는 듯이 고개를 가로젓다가 거기에 한마디를 보탰다.

"날마다 다른 모형이 온단 얘기야?"

안나가 눈을 동그랗게 뜨고 모두 3교대인 걸 몰랐느냐고 했다. 우리의 이야기는 말도 안 되게 불어났다. 이 상어 모형은 모두 3교대인데 밤의 고요한 수족관에서 교대식이 이루어진다고. 그리고 안나 말에 의하면 어제 애는 9등분, 내 말에 의하면 어제 애는 8등분이었다. 우리는 거의 바닥에 주저앉아 웃었다. 그리고 둘 다 조금씩 양보해서 8.5개로 합의했다. 해부학적인 것으로 가득한 수족관에서 상어는 썰어놓은 김밥처럼 레일 위에 놓여 있었고, 서랍을 열 때처럼 손잡이를 잡아당기면 상어의 단면이 부위별로 다가왔다. 인파에도 조수간만의 차가 있어서 사람들이 썰물처럼 빠져나갈 때를 기다리면 19등분의 상어를 독점할 수 있었다. 온전히 둘이 되었을 때, 우리는 마치 실로폰처럼 늘어선 그 상어 앞에서 하나씩 레일을 끌어당겼다가 놓고 끌어당겼다가 놓기를 반복했다.

나는 레일을 옮기듯이 계속 휴대폰 속의 사진을 넘겨 보았다. 그러다 우리 둘이 함께 찍은 그 여행의 사진을 보게 되었다. 길의 절반은 그늘, 절반은 햇빛이 차지하고 있는 사진. 마치 2색 국기처럼 둘로 나뉜 그 여름의 어느 길을 우리 둘이 나란히 걷고 있었고, 우리 둘 사이에는 사람 둘이 더 들어갈 수 있을 만큼 간격이 멀었다. 안나는 햇빛이 비치는 하얀 길을, 나는 그늘을 걷고 있었다. 나는 햇빛이 비치는 길로만 걷는 안나를 이해할 수 없었고 안나는 자기 그림자를 데리고 걸을 기회를 버리는 나를 이해할 수 없었다. 그래서 우리는 둘인데 마치 세 사람처럼 걸었다. 나, 안나, 그리고 안나의 그림자. 우리가 통과한 그 구간은 오래전에 바다였다고 한다.

도서관에서 문자가 왔다. 아직 반납 기한이 남

아 있음에도 불구하고 반납을 잊지 말라는 문자가 온 것이다. 이 책을 이어서 대출하려고 예약한 회원이 있기 때문에 꼭 제 날짜에 반납을 부탁드린다는 내용도 있었다. 원래는 그럴 생각이 없었지만, 그 문자를 보자 조바심이 나서 도서관에 전화를 걸었다. 그리고 그 책을 잃어버렸다고 말했다. 도서관에서는 이런 일이 잦은 건지 크게 난감해하는 것 같지도 않았다. 단지 같은 책을 구해서 가져다주면 된다고 내게 말해주었다. 최대한 같은 발행 연도와 출판사의 것으로. 전화를 받는 사서는 이 책에 대해 잘 모르는 게 분명했다. 계속 A. S. 저자와 손해보출판사를 강조했기 때문이다.

같은 책을 찾는 게 힘든 경우에는 도서관 규정에 따라 페널티가 적용되지만 여하튼 돈으로 지불하는 방식이었다. 물론 이 경우엔 서류 작성을 위해 도서관에 일단 와야 한다고 했다. 물론 이 책을 그냥 반납해버리는 방법도 있었다. 어차피 일련번호 페이지가 없어 팔 수도 없는데, 왜 잃어버렸다는 말을 했는지 나도 이해하기 어려웠다.

혹시 이건 구의 CD 같은 걸까?

안나와 나 사이에 무언가가 흐르고 있었다면 그
것을 휘청이게 한 사건이 100가지쯤 될 텐데 그중
하나가 구의 CD였다. 우리가 함께 살던 시절 나는
지역 신문에 글을 쓰는 아르바이트를 했는데 어
느 날 가수 구를 인터뷰할 기회를 얻게 됐다. 구는
2집까지 낸 인디 밴드의 리드 보컬이었다. 안나는
자신이 갖고 있던 구 밴드의 1집과 2집 CD를 챙
겨서 내게 주었다. 인터뷰 끝나고 사인 좀 받아달
라는 거였다. 어렵지 않은 부탁이었다. 안나는 인
터뷰에 따라오고 싶어 했지만 아르바이트 시간을
뺄 수가 없어서 내게 그런 부탁만 했다. 나는 인터
뷰를 하러 갔고 자정을 넘겨서 귀가했다. 사인을
받긴 받았는데 이걸 전해줘야 할지 말지 알 수가
없었다.

"술 마셨어?"

안나는 잠들지 않고 나를 기다리고 있었다. 안
나의 손에 CD를 올리긴 했는데, 그걸 열어보는 표
정을 볼 자신이 없었다. CD 케이스를 열어서 재킷
을 펼치고 신나게 사인을 찾던 안나가 말했다. "야,
왜 네 이름으로 받았어!" 거기엔 'to. 이유리'로 시작되는 사인이 있었다. 사실 그건 실수였다. 내 친구가 당신을 얼마나 좋아하는지, 오래전 1집부터 최근의 2집까지 얼마나 닳도록 들었는지, 구에게 그걸 얘기했는데도 막상 구가 오래된 1집 CD를 보고 감동하자 거기서 그만 내 것인 척을 해버린 거였다. 아니, 사실은 구가 당연히 내 것인 줄 알았다고 생각했다. 중요한 건 시점이었다. 우리의 인터뷰가 시작되기 전이었다. 내게는 편안한 분위기란 것이 필요했다. 'to. 이유리'로 그가 쓴 걸 봤을 때 그걸 정정할 마음이 없었다. 그리고 그가 2집 CD를 열어 '유리에게'로 쓸 때도 나는 잠자코 있었다. 집에 들어오기 전에 2집 CD라도 새로 하나 사려고 했지만 그날의 술자리가 길어졌고 나는 빈손으로 귀가했다.

순간적으로 일어난 일이라고 안나에게 말했지만 안나는 믿지 않았다. 실은 나도 그 말은 믿지 않았다. 망치고 싶지 않다는 생각, 잘하고 싶다는 생각이 너무 앞섰다. 내가 맡은 첫 인터뷰였으니까. 몇 주 후 구와 나는 우연히 마주쳤고, 그게 계기가 되어 두어 번 더 만났고 사귀게 되었다. 안나에게는 알리지 않았고, 안나가 그걸 모를 거라 생각했다. 그 무렵 학기가 끝났고 우리는 따로 살기 시작했으니까. 그러나 안나도 소문을 들었을 것이다. 내가 구와 사귀기 시작하면서 구의 많지 않지만 열성적인 팬 몇 명이 나에 대한 이야기를 인터넷에 올렸다. 그중에는 사실도 있고 거짓도 있었다. 나는 무엇이 사실이고 무엇이 거짓인지 구분할 수 있지만 다른 사람은 그런 걸 모를 테니, 결국 한 덩어리로 나에 대한 이야기가 될 게 분명했다. 구와의 끝도 좋지 않았다. 세 달도 안 되는 짧은 시간 만났을 뿐인데 너무 많은 것을 잃었다. 그중 하나가 안나였다.

한동안 나에 대해 게시글을 올린 사람, 혹은 그 재료를 제공한 사람이 안나가 아닐까 생각했다. 돌이켜보면 그럴 리가 없지만, 당시에는 그렇게 믿었다. 정작 안나와 나는 그 일에 대해 한 마디도 나눈 적이 없다. 새로 시작할 것처럼 오랜만에 연락을 하다가도 결국엔 끝에 가서 넘지 못할 기억과 부딪치면 어느 한쪽이 도망치고 말았다. 안나에게 말한 적은 없지만 이런 혼잣말을 하기도 했다. 구는

정말 별로였어, 헤어질 때 비디오를 갖고 있다고
협박하기도 했으니까. 최악이었어, 안나야.

5

　지난해부터 심프에서는 경조사 지원금을 앞당겨 쓸 수 있도록 했다. 회사 차원에서 주는 결혼 지원금, 출산 지원금을 포인트로 전환할 수 있게 된 것이다. 나도 선택할 수 있는 입장에 있었다. 왼쪽에서 오른쪽을 향해 뻗은 화살표를 클릭하면 결혼과 출산을 포함해서 내게 있을 수도 있는 일들이 150만 포인트로 바뀌었다. 원한다면 몇 단계를 거쳐 그 포인트를 바로 현금화할 수도 있었다. 이걸 결혼과 출산 때 임박해서 받으면 더 금액이 높긴 했지만, 그건 나중 일이고 어찌 될지 모르니 나는 '비혼'에 체크를 하고, 포인트 수령 후 상황이 바뀌

어도 이것을 다시 받을 수 없다는 내용에 동의하
기로 했다. 미래의 알 수 없는 부분을 당장 쓸 수
있는 포인트로 바꾸는 과정은 다소 번거로웠다.
모든 기본값이 기혼에 맞춰진 상태에서 비혼을 선
택하려면 세부 항목을 하나하나 체크해야 했다.

　나는 꽤 심각하게 의미 부여를 하는 편이었는
데, 나중에 보니 결혼 계획을 구체적으로 잡고 있
던 사람들 중에도 모든 것을 포인트화한 경우가
꽤 있었다. "당김음 같은 거죠. 당겨서 한 박자 먼
저 치는 거요. 그렇다고 악보가 사라지고 연주가
끝나는 건 아니니까요." 이렇게 말하는 사람도 있
었다. 회사를 언제까지 다닐지 모른다는 그 불확
실성을 고려해서 포인트를 선택한 사람도 있었다.

　이 시스템에서 비혼을 선택하는 것이 그렇지 않
은 경우보다 분명히 몇 번의 클릭을 더 요하는, 얼
마나 수고로운 과정인가를 생각해보면 안심결혼
보험의 환급금 계산법은 확실히 놀라웠다. 납입
기간인 20년간 결혼을 1회도 하지 않으면 130퍼
센트를 환급받고, 한 번이라도 결혼을 한 경우에
는 원금보다 훨씬 적은 금액을 돌려받는다. 이 보

험의 쓸모 중 하나였다.

또 다른 쓸모는 이 보험이 단호한 매뉴얼이 되어준다는 점이었다. 과거에 비하면 선택지가 많아진 것처럼 보이는 요즘이지만 여전히 사람들은 불안해하고, 매뉴얼을 기다리기도 한다. 다른 사람들이 어찌 사는지, 어떤 것을 선택하는지, 표준점이 있다면 그로부터 내가 너무 떨어져 있지 않은지 불안해하는 심리를 파고든 보험이랄까. 보험은 페이백이 되는, 보장 가능한 내용을 알려주고 사람들은 거기에 맞게 자료를 준비한다. 이 과정에서 가치의 이동이 일어난다. 무엇이 중요해지고 무엇이 덜 중요해질까? 누락되는 것들, 미뤄지는 논의들이 분명히 생겨난다. 자연스레 사람들은 보험의 보장 여부, 즉 환금성을 기준으로 결혼생활의 이모저모를 가늠하게 된다.

약관집 속에서 K는 부부 당사자도, 보험 가입자도 아니다. 그러나 그 가족이 예단예물에 대한 페이백을 받는 과정에서 K는 보험 가입자인 올케언니의 지시를 받아 온몸으로 자료를 모은다. K의 부모님 역시 며느리와 아들 부부의 진두지휘 아래 놓인다. 표면적으로는 보험금 보상 청구를 둘러싼 움직임처럼 보이지만 이러한 보험금 청구 과정이 유도하는 것은 결국 이렇게까지 해야만 겨우 돈이 될까 말까 한 영역들이 어디인지를 알려주는 것이다. 지속 가능한 결혼생활을 위해서 이제는 지난 시대에 버려두어야 할 것들, 그게 바로 예단예물이라는 것을 보험 청구 과정을 통해 은연중에 전달하는 것이다.

이를테면 같은 주소 내에 머무는 가족의 생일 파티는 보장 대상이 되지만 주소가 다르면 불가능하고, 제사 특약을 통해 "그 제사에 대해 언급하는 18세 이상 친족 모두의 이름과(부부도 분리해서 기록한다) 제사에 대한 노동 기여도를 요구사항에 맞게 기록해 권한의 지분을 재편성할 필요가 있다. 제사의 형식과 규모는 가장 일을 많이 하는 사람이 결정할 확률이 높으며, 가족 내에서 이것에 대한 객관적인 판단이 어렵다고 판단되면⋯⋯" 과 같은 구절을 구성원 모두가 읽게 한다. 극히 적은 금액을 보장받더라도, 이런 게 계속되면 무엇이 중요하고 덜 중요한지를 환금성을 기반으로 판단하게 될 가능성이 높은 것이다.

　불과 몇 년 전까지 판매되었던 안심결혼보험이 마치 이전 시대의 것처럼 느껴지는 건 코로나 때문일 것이다. 이 보험이 '합리적'이니 '지속 가능'과 같은 단어들을 동원해서 주입하려던 메시지 중에는 오랜 시간이 걸린 후에나 우리 삶에 정착할 것처럼 보였던 내용도 없지 않았는데, 그중에 많은 것이 이미 우리 삶에 불시착했다. '가족'의 단위는 전염병을 예방하기 위한 방역 기준과 같이 움직여야만 하니, 이제는 같은 주소를 쓰는 실 거주자들로 거의 국한된 분위기가 되었다. 누구나 전염병에서 자유로울 수 없으니 사람들이 움직일 때마다 2주간 자가격리를 해야 할 위험이 따라붙고, 그것이 우리의 동선을 위축시킨다. 가족 모임도 예외가 아니며, 한 공간에서 먹고 자고 생활하고 있어 운명 공동체라고 말할 수밖에 없는 경우를 제외하고는 모일 때마다 5인 이하, 8인 이하 등 최소 인원을 계산해야 한다. 영상으로 명절과 제사를 챙기는 것 역시 과거에 비해 낯설지 않아졌다. 소규모 결혼식과 탄소 배출을 덜 하는 신혼여행 등도 지금은 선택의 여지없이 받아들이게 되었다. 물론 많은 이들이 지금 이 상황이 일시적인 거라고 믿고 싶어 하지만.

그리고 이 보험의 또 다른 효용을 알게 됐다. 안심결혼보험 가입자라는 것 자체가 하나의 보증이 된 것이다. 2017년 이후 안심결혼보험에 가입하기가 상당히 까다로워졌는데, 사은품까지 주면서 홍보했던 2012년과는 달리 무조건 설계사를 통해서만 가입할 수 있었고 AI와의 대면 심사와 긴 테스트를 해야만 했다. 2017년이라면 이미 보험업계 대부분의 업무에 AI가 투입된 이후였고, 조가 있던 AS손해보험도 예외는 아니었다. 그를 포함해 언더라이터 네 명이 AS손해보험의 모든 가입 심사를 담당했는데, 2017년부터 가입 신청 서류의 1차 심사는 AI시스템이 맡게 됐다. 조의 말에 따르면 '논팽이'로 불리던 그 AI시스템은 이전까지 언더라이터 몇 명이 하던 분량을 몇 분의 1로 단축시켰다. 언더라이터들은 논팽이가 1차적으로 고위험군으로 분류한 서류들을 다시 검토했다.

논팽이는 사람보다 단호했다. 이를테면 35세

이전에 고혈압을 가진 경우에는 무조건 가입 불가 판정을 내렸다. 결혼보험 가입과 고혈압 유무 사이의 상관관계에 대해 말해달라고 어느 소비자가 민원을 제기해서 한동안 이 문제로 시끄러웠던 적도 있었다. 결혼보험에 가입할 때 건강 상태가 중요하다는 것에 대해서는 민원인도 납득했으나 그가 받아들일 수 없었던 것은 자신보다 한 살 어린데 고혈압에 고지혈까지 있던 동생은 위험도가 낮은 것으로 분류되어 보험 가입이 가능했다는 거였다. 그들은 같은 직장에 다녔고 근무 연차도 같았다.

언더라이터들은 논팽이가 고위험군으로 분류한 가입 희망자들의 자료를 보고 최종 결정을 할 수 있었다. 조는 언더라이터 중에서도 논팽이의 판단을 신뢰하는 편이었다고 했다. '양호한 경우'라는 가입 조건을 어떻게 해석할 것인가의 문제인데, 동생이 건강검진을 꼬박꼬박 받고 병원에 자주 가는 것에 비해 민원을 제기한 이는 고혈압을 야무지게 다스리고 있다는, 그러니까 양호한 경우라고 볼 법한 어떤 제스처도 취하고 있지 않는 게 차이였다. 조는 한 사람은 보험에 가입할 자격이

172

되지만 다른 사람은 그 보험료로는 가입이 어려운, 고위험 피보험자가 될 가능성이 크다는 논팽이의 판단에 대체로 동의했다.

사람의 눈으로 볼 때는 큰 차이가 없어 보이는 두 사람을 두고 논팽이가 다른 평가를 내릴 때, 그 차이가 경제적인 것에 있는 것인지 아니면 건강이나 도덕, 혹은 다른 항목에서 기인하는 것까지는 누구도 알 수 없었다. 아직 초기 버전이라서, 딥 러닝은 아니고 머신 러닝이라서 그리 정교하지는 못할 거다, 한계가 있을 거다, 데이터를 재료 삼아 움직이는데 그 데이터만을 신뢰하기는 어렵다, 언더라이터들은 논팽이에 대해 그렇게 말하곤 했는데 조는 논팽이가 더 파헤치지 않는 것이 오히려 다행이라고 느꼈다.

논팽이는 데이터를 기반으로 선택하기 때문에 이것을 군이 명문화하면 모두가 불편해질 수도 있었다. 특정 지역 가입자, 혹은 특정 동호회 활동을 할 경우에 보험금 청구 횟수가 확실히 더 많다는 건 이미 데이터로 확인할 수 있는 사항이지만, 그로 인한 차별을 투명하게 공개할 수는 없는 거니까.

여기서 세 번째 쓸모가 탄생했다. 이렇게 다소 까다롭게 느껴질 수도 있는 가입 기준이 어떤 면에서는 하나의 필터 역할을 할 수 있었던 것이다. 안심결혼보험이 일종의 보증 제도가 되어서, 거기에 가입되었다는 사실 만으로 그 사람을 신뢰할 수 있게 되는 식이랄까. 인내심 테스트에 가깝게 강화된 가입 절차, 그리고 또렷하게 설명할 수는 없지만 분명히 같은 세부 조건들을 가진 사람들 사이에서도 누군가는 고위험군으로, 누군가는 저위험군으로 분류된다는 것 자체가 결혼 시장의 흥미를 끌었다. 여기서 말하는 고위험군이란 안심결혼보험의 보장 항목에 대해 보험금 청구를 많이 할 가능성이 있는 사람들일 테니. 결혼정보회사에서 업무 제휴를 하자는 제안이 온 건 예상 가능한 일이었다.

이 이야기를 하고 있을 때 조와 나는 테이블이 네 개뿐인 작은 식당에 마주 앉아 있었다. 조금 게으른 표정, 만사가 귀찮은 듯 보이는 직원이 다가와 메뉴판을 내밀었다. 그리고 우리가 시키는 것마다 다 '지금은 불가능한' 메뉴라고 했다. 그렇게 1순위, 2순위를 놓치고 나니 선택지가 아주 간단해졌다. 조와 나는 메인 메뉴만 조금 다른 정식 두 개를 시켰다. 직원은 그걸 무심한 표정으로 받아 적고는 잠시 그대로 서 있었다. 얼음처럼 멈춰 서서 뭔가를 기다리는 것 같았다.

"주문, 된 거죠?"

직원은 알 듯 말 듯 고개를 끄덕이고는 내 뒤쪽을 한참 쳐다보았다. 내가 그의 시선을 따라 뒤돌아보게 만들 만큼 길게. 벽에는 작은 전자시계가 걸린 게 전부였고, 막 '3:00'가 된 참이었다. 직원이 기다렸다는 듯 테이블 위에 입간판 같은 맥주 그림을 세워놓으며 말했다.

"세 시부터 해피아워가 적용됩니다."

거기에 '해피아워 맥주 무제한'이 적혀 있었다. 굳이 1분쯤 기다려 그런 말을 해주는 게 어떤 압박 같기도 해서 우린 둘 다 의심 없이 해피아워를 즐기기로 했다. 직원이 졸린 책을 읽는 목소리로 말했다.

"두당 8천 원입니다."

직원이 주방 쪽으로 사라진 후 난 그 '두당 8천 원입니다'가 빚어낸 묘한 분위기 때문에 작게 웃었다. 어조 때문인 것 같기도 했고, 뭔가 어울리지 않는 표현 '두당' 때문인 것 같기도 했다. 조는 "저분 성실하십니다." 하고는 맥주가 먼저 나오자 자세를 고쳐 앉았다.

"낮술이네요, 이거."

"그러네요."

"평일 낮 세 시에 술을 마실 일이 많지는 않아서, 확실히 해피아워 맞습니다."

나는 "저는 일주일 휴가니까 매일 세 시에 해피아워를 즐길 거예요." 하고 자랑하듯이 말했다. 낮술에 대한 정의가 조금 다르긴 했는데 조의 경우엔 술을 마시기 시작하는 시간이 중요했고, 내 경우엔 끝내는 시간이 중요했다.

"해 떠 있을 때 끝내야 낮술이죠."

나는 이렇게 덧붙이기까지 했는데 실은 그런 생각을 진지하게 해본 적은 없었다.

"오후 네 시부터 마시기 시작해서 밤 열 시까지 이어지는 그건 그냥 계속 마시는 거고요. 낮술이라고 말하려면 오후 다섯 시 전에는 끝나야 해요. 해 지기 전에."

말하면서 방금 전에 견고해진 지론이었다. 내 말을 듣더니 조가 대답했다.

"요즘 해 깁니다."

조는 내 친구가 보험 가입자인지 아닌지 그러니까 자신의 고객이 될 가능성이 있는지 아닌지를 궁금해 했지만 나는 말해줄 수 있는 것이 별로 없었다. 안나가 보험 가입자인지조차 확실하지 않았다. 안나의 말을 완전히 신뢰한다면, 안나는 당연히 보험 가입자가 아닐 테지만 나는 안나의 말을 의심하고 있었다. 안나가 이미 가입된 보험에 대해 전혀 모르는 척 놀라면서 내게 그 사실을 전달할 필요가 있을까? 그런 게 있을 리 없다는 걸 알면서도 안나가 내게 말하지 않은 부분들에 대해 그려보았다.

"연주회는 보셨어요? 제가 너무 임박한 표를 드렸죠?"

조는 아직 보지 못했다고 말했다. 연주회를 가본 지가 너무 오래되었다고.

"오래전에, 좋아하는 여자가 좋아하는 연주자의 공연을 보러 간 적이 있는데, 그게 거의 유일한 것 같아요."

"좋아하는 여자가 좋아하는 연주자요?"

"네, 좋아하는 여자가 좋아하는 연주자의 공연을 가서 저도 좋았죠. 그때 인상적이었던 게, 바이올린 연주자가 무대를 떠나고 공연이 끝났을 때 그 위에 있던 끊어진 실들이었는데. 활 털이라고 하더군요. 그날 알았죠. 그 활 털을 어떤 사람이 와서 냉큼 줍는 겁니다. 아주 빠르게 능숙하게."

"치우는 거겠죠. 무대 관계자가."

"그럴 수도 있는데, 저는 좀 다른 생각을 했어요. 그게 정보일 수도 있겠다, 누군가 머물다가 떠난 자리에는 반드시 그런 흔적들이 남는데, 그게 다 정보거든요."

조의 말에 따르면 뭔가를 추적한다는 건 아주 적극적인 줍기에 불과하다고 했다. 정보를 취하는 방식 중에 가장 흔한 건 바로 쓰레기통을 뒤지는 거라고. 그러니 말을 흡수하는 사은품 논팽이가 로봇 청소기 형태를 갖게 된 것은 우연만이 아닌 거라고.

그 이야기를 들으면서 나 역시 심프의 논팽이가 된 걸지도 모른다고 생각했다. 사람들은 버리고 싶은 걸 가지고 와서 내게 홀린다. 그리고 내가 튼튼하고 과묵하게 그것들을 묻어주길 바란다. 그러나 돌아서고 나면 불안해지는 것이다. 어쩌면 나도. 나도 그런 불안을 느끼는 것인지 모르고.

우리 중에 시간을 의식하거나 시계를 들여다보는 사람은 없었는데 직원이 어느 틈에 다가와 다섯 시가 되었음을 알려주었다. 아, 해피아워가 끝난 거군요, 하려던 차에 직원이 이렇게 말하는 걸 들었다.

"다섯 시부터."

다섯 시부터 원래 가격으로 돌아갑니다, 라는 말이 나올 거라고 생각했는데 직원 입에서 나온 말은 좀 다른 종류였다.

"다섯 시부터 여섯 시까지, 하이볼이 원 플러스 원입니다."

우리는 자연스럽게 갓 시작된 이벤트 안으로 편입되었다. 조가 퍼뜩 생각났다는 듯이 말했다. "참,

그거 2인 초대권이던데요. 이틀 남았고."

휴가 셋째 날, 나는 아르헨티나에서 온 퀸텟의 연주를 들으러 갔다. 한국에 들어와 자가 격리 기간을 모두 채운 연주자들에게도, 청중들에게도 이전과는 다른 실감으로 다가오는 자리였다. 내가 배정받은 자리는 콘서트홀 3층의 맨 앞줄이어서 천장에서부터 무대로 이어진 투명한 줄들을 볼 수 있었다. 덕분에 무대 위의 다섯 사람이 마치 마리오네트처럼 보였다. 나는 꽤 오랜만에 공연장에 온 거였고 이전에 본 마지막 공연이 어떤 거였는지 기억해낼 수는 없지만, 한 곡이 끝나고 박수 소리가 들릴 때마다 동행 쪽으로 몸을 기울여 속삭였던 것 같다. 누구였는지 어떤 공연이었는지도 잊어버렸으나 두 사람이 서로를 향해 약간 몸을 더 기울이는 장면, 그렇게 기울어지는 실루엣이 떠올랐다.

지금은 거리두기 지침에 따라 내 동행과 나 사이에 좌석 하나 크기의 공백이 존재했다. 나는 조가 있는 왼쪽으로 시선을 돌리다 조금 놀랐는데,

그가 이미 내 쪽을 보고 있었기 때문이다. 공연이 끝날 즈음, 무대의 불빛이 다 꺼지고 관객석에 불이 들어올 무렵에도 그랬다. 조의 시선이 내 쪽에 와 있었다.

"계속 그렇게 보고 있었던 건 아니죠?"

내 말에 조는 고개가 왼쪽으로는 돌아가지 않는다는 시늉을 했다. 어쩌면 좀 만만하고 재미있는 사람일지도 모른다는 생각이 들었고 그게 나쁘지 않았다. 조가 말했다. "단발머리가 잘 어울립니다." 나는 손으로 약간 꼬불랑한 머리 끝을 가볍게 쥐었다가 다시 내려놓았다. 바로 전날 새로 만든 헤어스타일이었다.

우리는 미뤄둔 말들을 나누면서 공연장 내부 계단을 내려왔다. 그중 하나가 반도네온에 관한 것이었다. 연주자가 반도네온을 길게 늘일 때 나는 어쩐지 책장수가 떠올라 속으로 웃었다고 말했다. 열 권요, 스무 권요, 서른 권요, 그러면서 전집류를 보여주는 것처럼 느껴졌다고. 책들의 이미지를 겨우 흘려보내자 다음엔 타로점을 보는 사람이 떠올랐고, 반도네온이 유연하게 움직일 때마다 무수히 많은 타로 카드가 펼쳐지는 것 같았다고 했다. 조는 내가 손을 옆으로 크게 펼칠 때마다 웃었다. "아니 무슨 책장수가 그렇게 책을 팝니까, 타로 카드도 그렇고" 하면서. 조가 떠올린 건 마블 영화 속의 닥터 스트레인지였다. "반도네온 연주자가 닥터 스트레인지처럼, 이렇게 허공에 타임들을 나열해두는 것 같다고 해야 할까. 시간 카드가 쭉 있는 겁니다. 그중에 뭘 고를 수 있고."

주차 정산을 하기 위해 줄을 서거나 연주자들과 사진을 함께 찍으려는 사람들이 있었는데 나와 조는 어디에도 속하지 않았다. 우리는 그렇게 미뤄둔 말들, 아주 중요하지는 않아서 나누기에 부담없는 말들을 나누며 느리게 걸어 나왔고 공연장을 벗어나서야 그날 포토 존에서 찍은 사진이 없다는 것을 알아차렸다. 연주회가 시작되기 전에 로비의 포토 존을 보고서 서로 찍어주려고 했던 것을, 사람이 많아 뒤로 미뤘던 것이다. 끝나고 나오면서 다시 찍자고 했던 것을 둘 다 놓친 셈이었다. 조가 뒤늦게 생각해내고는, 마치 스스로를 달래듯이 "괜찮아. 붙이면 되니까"라고 하는 것을 들었다. 웃음이 났다. 공연을 보기 전에도 이미 그가 '오려 붙인' 사진을 꽤 봤던 것이다. 조는 휴대폰을 이용해서 간단한 합성사진들을 만들어냈다. 주로 하나의 실루엣을 어떤 화면에서 오려낸 후 그것을 다른 화면에 붙이는 방식이었다. 조가 휴대폰 화면 위에서 펜을 들고 잠시 움직이면 작품들이 탄생했다. 제일 처음 본 것은 온전한 파란색 양장본, S 타입 안심결혼보험약관집이었다. 조는 사라진 페이지를 끼워 넣은 약관집의 이미지를 만들어서 내게 보여줬다. 누가 봐도 실물이라고 믿지 않을 만큼 조잡한 합성이었지만 나름대로 조가 구도까지 잡아가면서 진중한 고민을 한 게 느껴졌다. 어딘가 순진한 면이 있네, 라고 생각하고 있을 때 조가 그런 나를 보면서 "오려도 됩니까?" 하고 물었다.

"오려도 되냐고요?"

"이유리 씨를 오려도 되냐고요."

"어떻게 오릴 건데요?"

"사진 한 장만 주시겠습니까? 그럼 내가 아까 그 포토 존에서 찍은 걸로 만들 수 있습니다."

"아아, 누가 봐도 합성 티 나는 그 사진요?"

그러고서 나는 휴대폰을 뒤적이기 시작했다. 조에게 내 사진 한 장을 전송하자 그는 나를 포토 존에 잘 붙여주었다. 장난처럼 보일 줄 알았는데, 얼핏 보면 정말 포토 존에서 찍은 사진처럼 보일 수준은 됐다. 그날 우리가 헤어진 후, 자정이 넘어서 조가 내게 보내온 사진 속에는 우리 둘이 함께 있었다. 콘서트홀의 포토 존에 오려낸 둘을 붙인 것이다. "기념으로!"라는 메시지와 함께. 엄지와 검지로 화면을 꼬집듯이 집어 늘리면 접붙인 경계가 보였다. 다시 사이즈를 줄이면 감쪽같았다.

"오려도 됩니까?" 그 말을 한 뒤로 조는 종종 내 실루엣을 오려서 어딘가로 옮겨놓곤 했다. 우리가 몇 차례 더 만나는 동안 나는 함께 먹은 케이크 위에 올라가 있거나, 동물원 판다 옆에 누워 있거나, 수제비 그릇 속에 풍덩 빠지곤 했다. 마치 인형 놀이의 도구가 된 느낌이었다. 내 폰을 보다가 조가 말했다.

"최근에 드라마에서 구형 폰을 봤던 게 갑자기 생각나네요? 그럴 때는 분명한 이유가 있는 겁니다. 스토리상 아주 중요한 이유."

"그냥 고장이 안 났나 보죠."

"드라마에서는 다 최신 폰 씁니다. 아무리 돈이 없어도요, 주인공이 아니어도요."

조는 그렇게 말하고 테이블 위에 있던 내 폰을 집어들고 요리조리 살폈다. 그리고 "스토리상 아주 중요한 이유가 있을 것 같습니다."라고 했다.

굳이 바꿀 필요성을 느끼지 못해서 폰을 오래 쓴 것뿐이었는데, 그날 밤 내가 폰을 바꾸지 못하는 이유 하나를 주웠다고 생각했다. 오래된 것 중에 버리기 힘든 것, 그러나 폰을 바꿔서까지 옮겨 가고 싶지 않은 것. 그런 것들이 이 폰에 있는 것이다.

그중 하나가 가족사진이었다. 식구들 넷이 함께 간 여행에서 삼각대를 세워두고 겨우 찍은 것이었다. 화면의 절반이 온통 유채꽃으로 채워진 사진에 부모님과 언니 그리고 내가 있었다. 정확히 말하면 우리만 있는 건 아니었다. 헤아려보면 우리와 상관없는 사람이 일곱 명이나 더 있었다. 지금은 돌아가신 아버지의 어깨에 거의 얼굴을 걸친 것처럼 찍힌 사람들도 있었다.

"다른 사람이 없었으면 좋았겠지만 워낙 붐비던 때여서 이거 최선을 다해 찍은 거예요. 그리고 아버지 아프시기 전에 함께 간 마지막 여행이기도 해서요."

그건 사실 조가 닥터 스트레인지에 대해 얘기하며 던진 질문에 대한 뒤늦은 답이기도 했다. 반도네온이 정말 시간을 카드 한 장 단위로 펼쳐놓는 악기라면, 그러니까 닥터 스트레인지처럼 무엇이 가능하다면, 나는 바로 이 사진 속으로 돌아가고 싶었다. 그럼 사람들이 다 돌아갈 때까지 조금 더 기다렸다가 어떻게든 깔끔한 가족사진을 찍었을 것이다.

내가 조에게 전송한 그 사진을 다시 보게 될 줄은 몰랐는데, 조와 속초로 간 날, 예상 못한 지점에서 그 사진을 다시 보게 되었다. 물회를 먹고 갯배를 타고, 바닷가를 거닐고, 바람에 기분 좋게 일렁이는 초록 논의 움직임을 보며 앉아 있을 때. 내가 아이스크림을 두 개 사 오는 동안 조는 그 작품 활동을 했다. 조금 전에 그의 폰 앞에서 취했던 내 역동적인 포즈 하나가 오늘의 재료가 되어 있었다.

두 발을 땅에서 뗀 채 점프하는 모양새였는데, 그 모양 그대로 오려져 더 많은 곳에서 점프하고 있었다. 빨간 우체통 위에서 폴짝 뛰어오르기도 했고, 빵집 앞에서 폴짝 뛰어오르기도 했으며, 우리가 점심에 먹은 냉면 속에서 폴짝 뛰어오르기도 했고, 커피잔 끝에 폴짝 매달린 모양새가 되기도 했다. 조의 머리 위에서도 폴짝, 손바닥 위에서도 폴짝 뛰어올랐다.

"세상에…… 어쩐지 적극적으로 요청하더라니. 계속 이럴 거면, 연말에 전시회 한번 하는 게 어때요." 내 말에 조가 웃었다. 나도 웃었다. 그리고 다음 순간 키득거림이 모두 조용해졌다. 마침내 어떤 사진의 차례가 된 거였다. 나는 "어?" 하고는 한동안 아무 말도 할 수가 없었다. 눈이 바빠졌다. 익숙한 사진이었는데 익숙하지 않았다.

사진 속에는 오래전의 유채꽃밭과 그 앞에 놓인 네 사람이 있었다. 아버지의 어깨 뒤로 보이던 사람을 포함해서 일곱 명쯤 되는, 그 순간 덜 중요했던 사람들은 다 사라져 있었다. 조는 목소리를 작게 낮추고는 "닥터 스트레인지는 아니지만." 하고 말했다. 내가 그 순간 무슨 생각을 했을까, 그건 나도 모르겠다. 다만 나는 미래에 대해 생각하고 있었다. 우리가 오늘 밤을 떠나 이 도시를 떠나 각자의 집으로 돌아간 다음에 내가 이 사진을 오래 들여다보리라는 것, 그것을 미리 알 수 있었다. 사진 속 풍경이 누군가가 원하는 시간 카드라는 생각을 하자 자꾸 들여다보게 됐다. 어떻게 지운 거냐고, 다른 사람들을 지우는 것도 그 폰에서 가능한 거냐고, 내가 물었을 때 조는 누구도 지우지 않았다고 말해주었다. 단지 그들이 사진에 보이지 않는 건 꽃을 심었기 때문이라고. 그러니까 지운 게 아니라 꽃을 다른 사람들 위로 붙인 거라고.

"지운 게 아니라 붙인 거라고?" 나는 조가 방금 한 말을 따라 해보았다.

"네, 지운 게 아니라 붙인 겁니다." 조도 내 말을 따라 했다. 이미 완성본이 있었지만 조는 한 번 더 꽃 배달 과정을 재현했다. 유채꽃 한 다발을 오려 낸 다음, 그것을 모르는 사람들의 얼굴 위로 가져다 붙이는 것. 누군가의 얼굴, 어깨, 팔과 다리 위로 꽃을 붙였다. 유채꽃은 겹쳐 보여도 좋으니까,

두터워도 좋으니까. 그야말로 '복붙'의 과정이었는데, 나는 그가 폰 위에서 작은 펜 하나를 들고 마치 새처럼 꽃송이를 물어 나르는 것을 고요히 지켜보았다. 겹겹이 쌓인 꽃이 다른 사람들을 가려 오직 넷만 남겨둘 때까지.

여름밤, 초록의 터널이 완전히 어둑해질 때까지는 오랜 시간이 걸렸다. 우리는 늦은 저녁을 먹고 두서없이 걸었는데 그러다 낮에도 한 번 지나쳤던 서점을 다시 만났다. 밤의 서점은 조금 다른 밀도를 가진 것처럼 보였다. 이미 불이 꺼져 있어 내부를 짐작할 수 없어서였다. 단지 '책'이라는 글자가 적힌, 정육면체의 조명등만이 밤의 가로등처럼 빛나고 있었다. 조가 간판 끝에 적힌 1956이라는 숫자를 가리켰다.

"저때부터 있었던 서점이면 이 안에 책이 엄청 많겠네요." 조가 말했고, "이 서점 지하와 또 그 지하에 책이 어마어마하게 쌓여 있대요." 내가 대답했다. 근거 없는 얘기였지만 조가 또 한 줄을 보탰다. "근데 엄청 잘 팔아서 사실 저 안에는 한 권도 없대요." 나도 보탰다. "새벽에 또 들어온대요. 그

럼 또 어마어마해진대요." "책을 야밤에 배송하는
거군요?"

우리는 책이 무슨 신선식품이라도 되는 거냐
면서 웃었다. 방금 만든 얘기 때문에 웃었다. 나는
조의 머리 너머로 보이는, 밤의 서점에 붙어 있던
조형물—툭 튀어나온 정육면체 모양 '책'을 가리
키며 "우리 찍을까요?"라고 말했다. 그리고 금방
한 말을 고쳤다. "맞다, 붙이면 되지." 내 말이 끝
나기 전에, 조가 내 곁에 나란히 섰다. "붙이는 작
업이 은근히 고됩니다. 얼마나 손이 많이 가는데."
하면서.

내가 폰을 든 손을 길게 뻗어 화면 안에 두 사람
을 담았다. 툭 튀어나온 활자 '책'이 두 사람의 머
리 위 한구석에 오도록. 조가 내 폰을 받아 들었다.
"우리 마스크를 벗고도 찍을까요?" 하면서.

"여기 사람도 없으니까, 그럴까요?" 나도 그렇
게 말했고, 우리는 마스크를 조심스럽게 벗어 가
방에 넣었다.

"이렇게 마스크 벗고 사진 찍는 게 모험이 될 줄
은 몰랐네." 내 말에, 조가 자신의 볼이 내 볼에

닿을 만큼 가깝게 다가와서는 이렇게 말했다. "이쯤 되면 거의 운명 공동체인 겁니다."

볼이 거의 닿을 듯 말 듯, 운명 공동체인 듯 아닌 듯, 우리는 같은 렌즈를 바라봤고 그러는 동안 조명으로 떠 있던 책은 정직하게 그대로 책이었다. 우리가 여전히 닿아 있는 채로 폰 속의 사진을 확인하고 가볍게 웃고 시답잖은 농담을 하고 그러고도 한참 머무는 동안 책은 기꺼이 책인 동시에 달이 되어주었다. 우리는 책달 아래, 아무도 보지 않는 어느 무대 위에 있었다. 다음 동선을 모르겠다는 듯이, 어쩌면 몰라도 상관없다는 듯이. 오래된 서점에 달린 서툰 조각들처럼, 아주 조금씩 움직이면서 입을 맞췄다. 누가 먼저였는지는 모르겠다. 확실한 건 마스크를 벗고 얼굴을 가까이할 때부터, 나는 그게 단지 사진 기록을 위한 거라고만은 생각하지 않았다는 것이다.

누군가의 숨이 위협이 되는 시대, 마스크로 코와 입을 다 틀어막아야 하는 시대, 안경을 쓰면 그렇지 않은 사람보다 감염 위험이 적어진다는 통계가 읽히는 시대, 생일 촛불을 입김으로 불어서 끄는 것도 모험이 되는 시대, 거리두기의 시대에 나는 새로운 사람과의 만남을 유예하지 못하고 의심하지도 못하고 그 위로 미끄러졌다. 그리고 책달 아래서 마치 지상 처음인 것처럼 키스했다.

우리 대화에는 늘 어떤 대전제가 있었고 그게 내 친구의 보험 가입 여부였다. 그러나 휴가 일정 곳곳에 조가 등장하면서, 나는 대전제를 제외한 나머지에 대해 생각하게 되었다. 뭐라 설명하기 어려운 호기심과 허기 같은 것이 그를 만나고 돌아오는 길마다 모래알처럼 남아 서걱거렸다.

속초에서 돌아오던 밤, 우리는 실연 급여에 대해서 이야기했다. 처음에 나는 그걸 실업 급여로 잘못 들었다. 한참 듣다 보니 실업 급여가 아니라 실연 급여라는 게 밝혀졌는데, 조의 태도가 너무 자연스러워서 어디에 정말 그런 게 있나 싶을 지경이었다.

"그런데 실연 급여를 어떻게 받아요, 돈으로요? 돈을 누구한테서 받아요? 헤어진 상대방?"

"국가. 정부에 연애지원사업부가 생겨서 거기

서 이것저것 국민의 의무와 권리를 챙기는 겁니다. 실연을 하게 되면 그 시스템에 접속해서 실연 급여를 신청하는 거고."

"그게 있다는 거예요? 설마?"

"상상입니다."

"재미있는 상상이지만, 국가가 왜 개인의 연애에 관여하겠어요?"

"봐요, 연애는 모든 것의 투자입니다. 시작이라고요. 국민의 고독이 얼마나 끔찍한 부메랑이 되어 사회 전체로 돌아오는지 알면 고려해볼 수도 있습니다. 캠페인 효과도 있고. 실제로 세계 곳곳에서 고독과의 전쟁을 벌이고 있고."

조는 확신에 차서 얘기했지만 나는 의문스러웠다. 과연 연애가 고독을 막는 해법일까?

"전 연애하면 더 외롭던데요? 불안하고요. 요즘엔 점점 더 뭔가를 시작하기 힘들어지고요. 좋은 사람 찾기도 어렵고. 연애야말로 보험이 필요한 세계 아닌가? 연애하고 싶은데 두려워하는 사람들 많잖아요."

"뭐가 두려운 겁니까?"

"변화 자체가 두려운 거니까요. 연애의 불안을 보험이 덜어주는 거죠. 실연 급여도 보험사에서 지급하면 되겠는데요?"

조는 결혼에는 보험을 적용할 수 있지만 연애에는 그럴 수 없을 거라고 했다. 어떤 울타리로부터도, 계약으로부터도 동떨어진 곳에 존재하는 게 연애의 속성이라면서. 그러니까 연애보험보다는 정부의 실연 급여 지급이 차라리 현실적이라고 했다. 우리는 아직 있지 않은 두 가지를 놓고 끊임없이 말하고 있었다. 물론 차로 달리고도 있었다. 조는 음악의 볼륨을 줄이고는 연애가 왜 보험에 부적합한지를 설명했다.

"이런 문제가 있습니다. 현재 결혼생활을 하고 있지 않아야 한다는 게 안심결혼보험의 가장 기본적인 가입 조건인데, 연애에 대해서는 어떻게 하죠? 연애 여부를 보험사에서 파악하는 게 중요할 텐데, 결혼이야 신고를 하니까 보험사에서 가입 서류를 받을 때 혼인 상태가 아닌 걸 확인할 수가 있지만, 연애는 신고제가 아니잖아요. 지금 연애 중이다, 혹은 연애 중이 아니라는 걸 어떻게 증명합니까?"

"연애가 신고제가 된다면, 연애 말고 다른 게 또 생겨나지 않을까요? 썸이 연애의 역할을 하게 되고 쌈이 썸의 역할을 하게 되고."

"쌈은 뭡니까?"

"썸 되기 전의 것이 쌈이에요."

"우리는 뭡니까?"

조가 그렇게 물을 거라고 예상했기 때문에 나는 좀 여유로운 기분으로 대답할 수 있었다.

"이런 게 쌈이에요."

"흠. 쌈과 썸의 차이가 뭡니까?"

"식사 횟수?"

나는 밥을 열 끼 이상 같이 먹어야 썸이 되는 거라고 말했다. 싫은 사람과는 밥 먹기도 싫은 거 아니냐, 특히 이제는 코로나 때문에 일상 동선에 있지 않은 사람과 밥을 같이 먹는다는 건 어느 정도 용기가 필요한 일이다…… 실은 입에서 나오는 대로 말하고 있었는데 그 순간 저만치 쌈밥집 간판이 보였기 때문에, 거기에 너무나 또렷하게 '쌈'이라고 적혀 있었기 때문에 우리는 둘 다 박장대

소하게 됐다.

"안심하고 연애하세요."

조가 말했다. 아리송한 표정이 되어 그게 무슨 말이냐고 묻자, 조가 방금 떠올렸다면서 이런 얘기를 했다.

"안심하고 연애하세요……. 이거 괜찮아 보여요. 연애보험의 캐치프레이즈로. 연애를 두려워하는 가입자를 위해. 안심결혼보험이 비혼을 위한 보험 설계에서 시작된 것처럼."

"그럼 보험료는요? 다 똑같나요? 연애 경력자 우대하나요?"

그러자 조는 "경력자는 언제나 우대해야죠." 하고는 그 쌈밥집 주차장에 차를 세웠다.

조의 말에 따르면 여덟 번째 식사라고 했다. 내 기억엔 아홉 번째 식사였고.

조가 나를 집 앞에 내려준 시간이 새벽 다섯 시였다. 속초에서 서울까지 쉬지 않고 달렸기 때문에 조는 무척 피곤할 게 분명했고, 우리는 새벽 세 시쯤, 휴게소에 차를 세워놓고 잠시 졸기도 했다.

집 앞에서 헤어질 때 나는 조에게 곧 다음 밥을 함께 먹자고 했다. 조는 그리 오래 걸리지 않을 거라고 했다. 일렁이는 파도를 곳곳에서 마주한 짧은 여행이었다. 바다에서, 논과 밭에서, 그리고 내 마음에서.

놀랍게도 그 다음, 나는 안나의 문자를 받았다. 조와 헤어진 다음 집으로 올라와 창문을 열어 환기를 시키고 샤워를 하고 소파에 쓰러지듯 누웠을 때였다.

그간의 행방에 대해 이야기해야 하는 건 안나가 아닌가 싶었지만, 어느새 나는 내 동선에 대해 이야기하고 있었다. 무엇부터 어떻게 말해야 할지 얼른 고르지 못한 채 우왕좌왕했다. 왜 그 큰일을 겪고서 내게 말하지 않았는지, 우리가 함께 통화하는 순간에도 말하지 않았는지 궁금한 것들을 바로 묻지 못하고 말을 고르고 고르면서. 내가 물은 건 "내 연락을 못 봤어?"였다. 안나는 폰을 잃어버렸다고 했다. 육교를 건너다가 충동적으로 그걸 던지고 싶다는 생각을 했는데 아래에 차들이 쌩쌩 달리고 있어서 차마 그러진 못했다고. 대신 자물

쇠 달린 가방 안에 넣어두었다고 했다. 그걸 이제
막 꺼냈다고.

6

우리는 한강공원에서 만났다. 안나는 하늘색 민
소매 원피스에 앞코가 둥근 운동화를 신고 있었
다. 어디서 막 돌아온 것처럼 보이기도 하고 오래
전부터 이곳에 머무른 것처럼 보이기도 하는 옷차
림이었다. 낯설게 느껴지기도 했고 마스크 속 표
정까지 다 알 것 같기도 했다. 안나와 대면하는 것
자체가 오랜만이었지만 이 장소에서 만나는 건 더
오랜만이었다. 대학 시절, 함께 살았을 때 몇 번 온
게 전부였다. 나는 그때 주고받았던 말들을 기억
했다. 거의 20년 가까이 거슬러 올라가야 하는 말
이지만, 마치 어제 흘러간 것처럼 손을 뻗어 만질

수도 있을 것 같았다.

지하철이 한 대 지나가면 가로등의 조도가 미세하게 뒤틀린다고, 그 시절의 우리는 그렇게 믿었다. 열차가 흐르는 긴 한강 다리를 보면서 세상을 반으로 갈랐다. 열차가 통과하기 전과 통과한 후, 말을 하기 전과 한 후, 누군가를 보기 전과 본 후, 만나기 전과 만난 후, 그런 식으로. 그 시절로부터 너무 멀리 가지는 않은 것처럼 우리는 그렇게 다시 그 장소에 섰다. 여기에 다시 오지 않은 건 나뿐이었을까.

나는 그때 안나에게 무언가를 고백한 후 이곳에 다시 오지 않았다. 안나도 그랬는지 어땠는지는 알 수 없다. 다만 이 이른 아침에 여기서 만나자고 한 사람이 바로 안나였기 때문에 긴장이 됐다. 오래전에 문을 닫고 잠그고 비밀번호 설정까지 다 해놓고 나와버린 문이 다시 열려 나를 서서히 흡수하는 기분이었다. 이 장소는 일종의 신호탄과 같아서 여기에 오자 정말 많은 다른 일들이 수면 위로 떠올랐다.

안나는 그 보험에 가입한 적이 없었다. 가입해

놓고 기억을 못 한 것도 아니었다. 가입한 사람은 안나가 아니라 안나의 남편이었다. 그 책은 안나 남편의 다른 책들과 함께 가까운 도서관에 기증된 거였다. 이 책의 시작점이 자기 남편이라는 사실을 알게 되었기 때문에 안나는 그 책을 팔지 못했고, 그것을 도서관에 그냥 두기로 했다. 남편이 선택한 방식대로.

그러나 단 한 장을 뜯어냈다. 안나는 자신이 그 책에서 뜯어내려고 한 건 일련번호 페이지가 아니라 275페이지였다는 걸 말해주었다. 275페이지를 뜯어내기 위해, 뜯은 흔적을 없애기 위해 일련번호가 있던 281페이지를 같이 뜯어야만 했던 것이다. 실로 제작된 방식이어서 단 한 페이지만 감쪽같이 뜯어낼 수는 없었고, 다른 페이지 하나가 같이 뜯겨 나가야만 했는데, 그게 우연히도 281페이지였을 뿐.

처음에 안나는 중고 거래 앱을 통해 이 책을 팔려고 했다. 그러나 약속 장소에 도착했을 때 카페 테라스에 혼자 앉아 있는 사람, 누군가를 기다리는 것처럼 보이는 사람은 단 한 명뿐이었고, 안나는 그가 누군지 알아볼 수 있었다. 마스크를 쓰고 있었지만 못 알아볼 리가 없었다. 안나는 그가 마스크 안에서 짓고 있을 표정, 그 표정이 뭔지도 알 것 같은 기분이 들었다. 남자는 안나를 발견했고 인사했다. 안나는 "안녕, 오랜만이야." 하고 인사했다. 남자도 "안녕." 하고 인사했다. 안나는 자신이 서른여섯 살 여름휴가를 떠나기 전에 그에게 했던 말을 기억했다.

"제일 좋아하는 건 공항에서 나와서 인천대교를 달리는 거야. 특히 야간에. 가로등이 총총총 보석처럼 박혀 있거든."

꼭 그에게 한 말만은 아니었다. 그건 안나가 좋아하는 순간이었고 안나는 좋아하는 순간에 대해 자유롭게 말할 수 있었다. 안나의 귀국일에 그 남자가 공항으로 와서 기다리고 있었다는 건 나중에야 알았다. 생각해보면 예상 못 할 일은 아니었다. 그 전 해에도, 그 전 해에도 그랬으니까. 안나가 휴가를 떠났다가 돌아오는 길에 그 남자는 우연인 듯 공항으로 와서 안나를 태워 집까지 데려다주곤 했다. 두세 번 그런 일이 있었다. 그러나 어느 순간부터는 그 남자의 차를 탈 일이 없었다. 그가 안나를 좋아했다는 건 안나도 알고 있었다. 그는 안나가 한 달에 한 번씩 가던 동호회에서 알게 된 사람이었는데 동갑이어서 자연스레 친해지기도 했지만 그 남자와 안나의 만남에 늘 우연만 작용했던 게 아니었다. 인위적인 노력을 알아채고도 실망하지 않았던 적이 있었다. 그러나 서른여섯 여름 이후 안나는 그를 부담스럽게 느낄 수밖에 없었다.

"여행에서 정우를 만났으니까. 정우 아닌 다른 사람이 나를 좋아하는 걸 아는 상태에서 계속 친구로 지내긴 어려웠어. 그런데 그가 그 책을 사러 나온 거야. 너무 놀랐지."

그 얘기를 듣는 동안 나는 계속 안나의 발끝을 보고 있었다.

"너, 발 지금도 265밀리미터야?"

"그럼 발이 얼마나 더 자랐겠어. 마흔인데." 그렇게 말하며 안나는 힘없이 웃었다. 나는 전혀 다른 주머니에 들어 있던 퍼즐 조각 하나를 가져와 지금 내가 보고 있는 발 옆에 나란히 놓아두었다. 제이엘의 오래전 기억 속에서 무심히 끌려나온 말, AS손해보험의 언더라이터 하나는 독일에서 저녁마다 그렇게 쇼핑을 하러 다녔지. 처음엔 엄마가 발이 크네 어쩌네 하더니 나중에 털어놓던데. 좋아하는 여자가 있는데 발 사이즈가 커서 신발 선택의 기회가 적다고. 그래서 여기서만 살 수 있는 한정판 운동화를 샀다고. 그 여자 머리카락을 땋아주고 싶어서 연습을 한다고 하더군. 우리는 운동화 끈 매면서 연습하라고 했지…….

이게 퍼즐 놀이라면 나는 그만하고 싶었다. 내 손에 이미 쥐여진 퍼즐조각 몇 개가 어디서 어떤 모양으로 맞춰질지 알고 싶지 않았다. 그러나 결국 나는 안나의 삶에 깊이 개입해버리고 말았고 그건 나와 동떨어진 이야기만도 아니었다. 안나와 헤어진 다음, 나는 밤 내내 안나의 인스타그램에 들어가 게시물을 하나둘 한참 거슬러 올라갔다. 그리고 낯익은 조형물을 찾아냈다. 2019년 2월에 올라온 게시물 속에 내가 어제 본 그 책 조형물이 있었다. 불을 밝힌 '책' 아래에서 안나와 안나의 남편이 함께 볼을 맞대고 있었다. 이 기시감을 뭐라고 설명해야 할까. 처음 만났을 당시에는 인식하지 못했던, 그러나 어디로 분류해야 할지 알 수 없어 임시 포켓에 넣어둔 외톨이 기억들이 이 밤을 부유하다가 마침내 호명된 건지도 몰랐다.

밤을 넘겨 새벽이 되었을 때 조에게 전화를 걸었다. 그는 자고 있다가 내 전화를 받은 듯했다. 잠이 살짝 덜 깬 목소리로 "벌써 밥 먹자고요?"라고 농담 같은 것을 했지만 내게 닿지 않았다. 내 친구 남편이 보험 가입자였고, 그의 이름이 '신정우'라고 전하자 조는 "그렇군요."라고 했다.

"아는 사람인가요? 신정우."

조는 잠시 뜸을 들인 후에 신정우를 안다고 대답했다.

"아내는 오안나. 두 사람은 혼인신고를 하지는 않은 상태였어요. 그러니 제 친구가 보상을 받을 수는 없겠네요."

"보험사를 제가 떠나서 그가 혼인신고가 안 된 줄은 몰랐어요. 알았다면 애초에 안 물어봤을 텐데."

"약관집의 일련번호는 갖고 있대요. 버리려고 뜯어낸 거지만."

조가 아무 답이 없어서 나는 "논팽이도 있대요." 하고 말했다. 조는 "그렇군요"라고 했다. 신정우의 특약 보상은 가능한 상황인데도 조는 아무 말도 하지 않았다. 나는 그 사람이 죽었다는 말을 했다. 안나 남편 신정우 말이다. 조가 가입시킨 사람, 조가 연락처를 적어 나온 사람.

"이미 알고 있었죠?"

조는 대답하지 않았다. 누가 먼저 전화를 끊었는지는 기억나지 않는다. 단지 전화를 끊자마자 열린 창으로 매미 소리가 쏟아져 들어왔다는 것, 그리고 내 노트북의 활자들, D, F, K, L 그리고 반쯤 사라지는 중인 J가 눈에 들어와 그 위를 손끝으로 매만졌다는 것만 귀와 손의 감각으로 남아 있을 뿐이다. 나는 노트북 위에서 닳아 없어지고 있는, 혹은 이미 없어진 활자들을 종이 위에 적어보았다. 우습게도 그걸 다 합치면 한글로 '라이어'가 됐다.

무언가 썩어가는 냄새도 났다. 조가 준 꽃들은 며칠간 얼음 띄운 생수 속에 있었지만 어느 순간부터 멈춰버렸다. 조와 나 사이, 하루에도 몇 번씩

주고받던 메시지도 통화도 모두 그쳤다.

　2017년, 안심결혼보험에 가입 서류를 냈던 신정우는 AI인 논팽이로부터 고위험군 판정을 받았다. 보험사에서는 신정우에 대해서 어느 집 헌 냉장고를 추적하듯 조사했을 것이다. 그래서 얻어진 결과가 조의 서류 안에, 노트북 안에, 휴대폰 안에 들어 있을 것이다.

　AS손해보험의 언더라이터들 중에서도 조는 논팽이의 판단을 신뢰하는 편이었다. 그러나 논팽이가 고위험군으로 분류한 신청자 틈에서 신정우라는 이름을 발견했을 때 조는 그것을 그대로 흘려보낼 수가 없었다. 조는 그 사람이 신정우이기 때문에 한 번 더 서류를 꼼꼼하게 들여다보았다. 동일한 이름의 다른 사람일 리는 없었다. 주소와 나이와 직업을 볼 수 있었으니 그는 조가 아는 신정우일 확률이 높았다. 안다고는 했으나 일방적인 거였다. 신정우는 조를 알 리가 없었다.

　언더라이터였기 때문에 조는 많은 것을 볼 수 있었다. 신정우의 월 소득과 채무 상태, 건강 정보,

이를테면 에이즈나 매독 여부 같은 민감한 정보까지도. 언더라이터에 따라 보험 가입 여부를 둘러싼 심사 권한이 조금씩 달랐고, 조는 가장 높은 권한을 가진 축에 속했다. 그럼에도 조는 대부분 논팽이가 고위험군으로 분류한 가입자를 굳이 보험에 가입시키지는 않았다. 신정우가 고위험군으로 분류된 이유가 정확히 무엇인지는 논팽이가 말해주지 않았지만 조는 그걸 찾아내야 했다. 신정우는 조가 몇 년간 바라본 오안나가 애인이라고 부르는 사람이었기 때문이다. 그것도 만난 지 석 달 된 애인.

이제 갓 함께 걷기 시작한 연인의 미래는 누구도 모르는 것이었지만 조는 불길한 예감이 들었다. 오안나가 신정우와 오래 만날지도 모른다는, 그러니까 조가 원하는 대답을 영영 하지 않을지도 모른다는 예감 말이다. 조는 아직 제대로 고백한 것도 아니었으므로 허탈했고, 신정우가 어떤 사람인지 알아야 했다. 신정우의 어떤 면이 안심결혼보험 가입에 있어서 고위험군이라는 평가를 받게 만들었는지 알아야 했다.

신정우는 안나보다 네 살 어렸고, 일산에서 카페를 운영했다. 고등학교를 졸업한 뒤 바로 직장 생활을 시작해 지금까지 모두 여섯 곳을 거쳤고, 개인 사업은 두 번째였다. 신정우의 카페는 토스트를 주력으로 하는 곳이었는데 몇 군데 잡지에 소개된 적도 있었다. 주말에는 사람이 꽤 오기도 했지만, 대출을 너무 많이 받았고, 모아둔 돈은 거의 없었다. 신정우의 취미는 바이크와 주식 투자. 키는 176센티미터에 체중은 75킬로그램. 운동은 보는 걸 더 즐기는 편이라고 했고, 시력은 어릴 때부터 좋지 않았다. 집안 내력이었다.

조는 안나가 신정우와 만나는 것이 이해되지 않았다. 이해되지 않는 정도를 넘어 못마땅할 정도였다. 카페 리뷰에는 사장인 신정우를 비난하는 글도 꽤 보였다. 아르바이트생이 두 명 있었는데 그들과의 관계는 "2차선 도로면 충분할 곳에 굳이 8차선 도로를 내는 사람, 일을 크게 만드는 데 천재"라는 평으로 짐작해볼 수 있었다. 그들은 사장에 대해 그렇게 말하고 있었다. 조는 다시 신정우의 페이스북을 찬찬히 보았다. 아무리 봐도 조가 아는 안나라면 신정우와 오래 만날 리가 없었다. 신정우가 책을 좋아할까? 조는 신정우에게 서점 구매 내역이나 도서관 대출 이력을 요청했다. 여행 스타일에 대해서도 물어보았다. 연애 이력은 조금 더 자세히, 그 이전 사람들과는 왜 헤어졌는지도. 안나가 클래식 공연을 보러 가기를 즐기는데 그럴 수 있는 사람인지, 안나가 수영을 좋아하는데 함께 즐길 수 있는 사람인지 조는 알아보고 싶었다.

이 일에 있어서라면 조는 논팽이보다 훨씬 더 많은 데이터를 갖고 있었고 더 잘 판단할 수 있었다. 서류를 많이 요청하면 불쾌한 티를 내는 고객들도 있었는데 신정우는 늘 친절하게 반응하면서 모든 대답을 해주었다. 조는 신정우가 다른 보험에 가입을 원했다가 거절당한 이력이 있는지 찾아보았다. 신정우에게 보험 가입을 권유한 설계사와 통화도 했다. 몇 가지 서류를 더 요청했고, 그리고 신정우를 직접 만나기까지 했다.

조의 표정엔 변화가 없었다. 그의 눈동자는 내

게 고정된 채 조금도 흔들리지 않았다. 조가 다른 사실을 말해주기를 기다렸지만 그는 아무 말도 하지 않았다. 이 나쁜 이야기의 탐정 역할을 하게 될 거라고는, 안나와 조가 어떤 관련이 있을 거라고는 생각도 하지 못했기 때문에 어쩌면 여기까지 도달해버린 것이다. 설마 하면서 넘기는 동안 유보되는 것들이 분명히 있었고, 그것들은 바다까지 흘러가지 못한 채 하수도를 막아버렸다. 맨 처음이 언제였을까. 왜 그 수많은 말에서 기시감을 느끼지 못했을까. 조는 오려서 붙이듯이 내 얼굴 위로 안나의 얼굴을 붙여놓았을지도 모른다. 책달 밑에서 찍은 우리의 사진은 내 얼굴 위로 안나의 얼굴을 포개도 그럭저럭 무리가 없는 구도로 보인다.

"당신이 고의로 그런 거란 생각이 들던데요. 당신은 일부러 그의 서류를 통과시켰어요. 당신은 신정우가 누구인지 알고 있었던 거예요. 그리고 그 사람의 삶을 털고 싶었겠죠. 같이 털릴 한 사람 때문에."

조는 아무 말도 하지 않았다. 더이상 나를 보고 있지도 않았다. 조는 테이블 끝 어딘가를 보고 있었다. 고개를 푹 숙였다. 이제 그의 눈이 보이지 않았다. 조가 등진 창 너머에서 햇빛이 하얗게 들어오고 있어 그 앞에 놓인 사람의 실루엣이 더 또렷해 보였다. 머리와 목, 어깨, 팔로 이어지는 몸은 이 공간에서 덜렁 오려낼 수 있을 만큼 아주 대조적으로 검었다. 나는 그에게서 시선을 거둬 테이블 귀퉁이 하나를 바라보았다. AI에 의한 가입 심사에서 고위험군으로 분류된 신정우를 굳이 가입시킨 사람이 조였다. 누군가의 집착이 인위적으로 개입되었을 가능성을 생각하지 않을 수 없었다. 조는 여전히 검은 바위처럼 굳은 채 아무 말도 하지 않다가 겨우 입을 열었다.

"내가 불법을 저지른 건 아닙니다. 컴퓨터가 고위험으로 평가한 사람들도 많이 통과시킵니다. 언더라이터에겐 그럴 수 있는 권한이 주어져 있고, 그게 언더라이터의 일입니다."

그러나 조도 알 것이다. 신정우를 통과시킨 것은 조에게도 이례적인 일이라는 것을. 게다가 조는 신정우를 만나기까지 했다. 조가 속한 언더라이팅팀에서 적부 업무를 담당하는 한 사람이 마침

그이기도 했다. 그 업무를 적부 업체에 넘기거나, 직접 하더라도 고객과는 전화로 만나는 경우가 대부분이었지만 조는 굳이 직접 대면했다. 단 한 사람만을 말이다. 조는 그 언더라이팅팀에서 가장 많은 권한을 가진 이였고, 이 모든 것은 그의 업무 권한 안에 있었다. 당연히 누구도 조가 지극히 사적인 이유로 특정 가입자를 만난다는 생각은 하지 못했을 것이다. 조를 만났던 신정우도 몰랐고, 안나도 몰랐고, 놀랍게도 조 스스로도 몰랐다. 조는 지켜주고 싶었다고 했다. 안나를. 그때는 그랬다고 했다. 지금은 후회하지만.

"지금은 후회한다고요?"

"내 판단으로 그를 통과시켰고, 그래서 안나가 혼자가 된 거. 그거, 내 잘못이니까요."

"안나는 보험사 직원에게 자신의 삶을 들킬 수 있었겠죠. 인식하지 못한 상태로 현재의 가족관계나 주거 형태, 대출 등 재정 상황, 시가와의 관계나 건강 상태, 성관계 고민까지도. 일상 곳곳에 대해서 가입자 스스로 보험사에 정보를 제공할 수 있잖아요. 몇만 원의 보상을 받기 위해서. 그런데 그 일상을 보기 위해 누가 의도적으로 가입을 시켰다고 생각하면, 그게 범죄가 아니면 뭔가요."

"보험금 청구에 관해서는 내가 개입하는 게 아닙니다. 그건 내 영역 밖의 일이에요."

"보험사 직원 누구나, 가입자 주민등록번호만 입력해도 어떤 보험금을 청구했는지 알 수 있죠. 당신이 그렇게 안 했을 거라고는 믿을 수가 없어요."

"안 했습니다."

조는 고개를 가로저으며 대답했다.

"나는 보험사를 그만둬서 안나 소식을 계속 듣진 못했습니다. 그들의 혼인신고 여부조차 몰랐습니다. 어느 순간부터 나는 그저 안나가 공개한 만큼만 알 수 있는 상태가 됐어요. 이제 더이상 안나를 떠올리지 않습니다. 그건 나의 과거가 됐습니다. 이미. 내가 전에 말했잖아요……. 사람들은 여기저기 정보를 흘린다고. 내가 뭘 뒤지려고 하지 않아도, 추적이란 그냥 적극적인 줍기에 불과하다고. 그렇게 생각해줄 순 없겠어요?"

"나도 그렇게 줍다가, 줍고 싶지 않은 사실들을 알게 된 거예요. 우연이었으면 했는데 아니라는 걸 말이에요. 어느 날 내가 나타나서 당신에게 안 나의 정보를 더 물어다준 셈이 됐으니. 지금 내 기분이 어떨지 알아요?"

완전히 거절당하게 될까 두려웠던 조는 안나에게 끝내 고백하지 못했다. 확인받고 싶었지만 그렇게 하지 못했다. 다만 처음에는 멀리서, 그리고 나중에는 안나가 조를 궁금해하고 고개를 앞으로 내밀면 볼 수는 있을 정도로, 40미터, 30미터, 그렇게 조금 근접해서 바라보았다. 그는 부인하지 않았다. 다만 스쳐 지나가려 했다고 말했다.

"스쳐 지나가려고 했다고요?"

"20, 19, 18, 17, 16, 15……."

그가 그렇게 나열해서 숫자 5에 이르기까지 나는 내버려 두었다. 멈춰 세우지 않았다. 그는 "5"까지 말한 후, 말을 멈췄다. 테이블 위에 있던 물을 한 잔 다 마셨다. 그리고 다시 말했다.

"서서히 접근했다고 말할 수는 없습니다. 애초에 자석처럼 끌린 거니까, 나는 가까이 가지 않으려고 노력했다고 말하는 게, 그 반대로 가려고 애썼다고 말하는 게 더 맞을 겁니다. 나중에는 스쳐 지나가려고 했습니다. 내가 몸부림치면서도 가까워질 수밖에 없다면 코앞까지 가서 안나…… 곁을 그냥 지나가리라. 그렇게 생각했는데. 그런데 가입 보류 판정을 받은 사람 명단에 신정우 씨가 있었어요. 그게 아니었다면 나는 지금 전혀 다른 지점에 가 있었을 겁니다. 안나가 너무 이상한 사람을 만나지 않을까 걱정이 되었고, 그가 논팽이로부터 고위험군 판정을 받았다는 걸 알게 되니 더 불안해진 겁니다.”

“불안해서, 그래서 그를 보험에 가입시켰나요? 불안한 사람인데?”

조는 가만히 있었다.

“당신이 신정우를 통과시킨 건 당신의 욕심 때문이었어요. 보고 싶었던 거죠. 신정우가 페이스북에 써놓은 대로 안나와 결혼하게 된다면 당신은 그들의 삶을 들여다볼 수가 있는 거니까. 당신은 그다지 무리하지 않고도 그들의 삶을 볼 수 있는 위치에 있었으니까. 내가 안나 친구인 건 언제 알았나요? 진작 알고 있었나요, 처음부터?”

나는 계속 말하고 있었지만 실은 조에게서 어떤

대답을 듣고 싶었다. 변명에 불과하다고 생각하면서도 한편으로는 그가 열심히 자신을 변호하기를, 아니면 차라리 완전히 들킨 얼굴이나 완전히 망한 얼굴로 빌기라도 하기를 바랐다. 그게 내 마음 한구석에 있었다는 사실을 그가 사라진 후에야 알았다. 누가 제비처럼 꽃을 물어다 채워주었던 그 사진을 삭제해버렸다.

조에게 있어서 안나는 한때 설치해서 자주 접속했지만, 결국엔 삭제하게 된 그런 앱과 같았다. 그러나 그게 제대로 삭제된 것인지는 알 수 없었다. 어떤 앱들은 날씨나 건강 상태 체크, 길 안내 같은 기능 이면에 다른 기능을 숨겨놓기도 하니까. 조는 보험사를 그만두고 안나 보기를 멈춘 후 폰을 바꿨다. 그러나 태블릿 PC까지 버리진 못했다. 그 안에는 그가 가입시킨 신정우에 대한 자료들이 들어 있었다.

2017년의 어느 오후, 조가 낯선 동네의 카페로 들어갔을 때 벽을 따라 나란히 늘어선 2인용 테이블엔 모두 한 사람씩만 앉아 있었다. 그들은 약속이나 한 듯 왼쪽을 보고 앉았는데 단 한 명만이 예외였다. 흐름을 깨고 혼자 오른쪽을 향해 앉은 사람, 그가 신정우였다. 서류에는 신정우의 키가 176센티미터라고 되어 있었는데 그보다 더 작아 보인다고 조는 생각했다. 은색 프레임의 안경을 썼고, 피부가 까무잡잡했다. 신정우는 노래를 듣고 있던 중이었다. 무슨 노래를 듣는지 궁금했고 그 정도를 자연스럽게 묻는 건 조에게 어렵지 않은 일이었지만 혹시 그 노래일까봐 겁이 났다. 그러면 참을 수 없을 것만 같았다.

"혼자만 다른 방향으로 앉으셔서 튀었습니다."

조의 말에 신정우는 주위를 두리번거렸다. 노트북이나 책, 노트를 들고 이런 작은 테이블에 앉은 사람들은, 그러니까 고요해지기 위해서 혼자 온 사람들은 이렇게 타인과 대면하는 방식으로 앉는 걸 좋아하지 않는 거라고, 모르는 이의 얼굴과 마주하는 건 너무 시끄러운 일이고, 무난한 건 언제나 타인의 뒷모습 등이 보이는 방향이라고 조는 생각했다.

"아, 방향이 있는 거예요?" 신정우가 멋쩍은 듯

이 말했다. 턱 근처까지 오는 그의 머리카락들이 제각각 다른 방향으로 뻗어 있었다. 의도한 스타일인지 헝클어진 건지 조로서는 알 수 없었지만 그것이 계속 시선을 잡아끄는 것은 분명했다.

"보통은 흐름대로 앉죠. 역방향으로 앉는 사람들도 종종 있지만."

"오셨으니 이제 뭐 흐름이고 말고 할 거 없잖아요. 우린 둘이라 이렇게 앉을 수밖에 없는 건데."

그러네요, 하고 조도 자리에 앉았다. 카페는 소란스러워서 그들의 얘기가 주변으로 퍼지지 못할 만큼 거대한 말의 집합소 역할을 했다. 카페에서 자주 남의 대화를 엿듣던 조의 입장에서 생각하면 참 다행스러운 상황이었다. 누군가가 그들의 대화에 귀를 기울인다면 조는 신정우의 말에 집중하지 못했을 테니까.

조는 신정우가 어떤 사람인지 알고 싶었다. 그러기 위해 나온 거였고.

"제가 녹음 좀 해도 되겠습니까?"

"편한대로 하시죠."

"취미가 주식이라고 적으셨습니다. 여전히 유

효합니까?"

"한때 좀 하긴 했어요. 주로 단타……. 10분에 60 벌기도 하고, 10분에 200 잃기도 하고 그랬죠. 이슈에 더 민감하니까 뉴스를 너무 챙겨 봐서, 그 걸로 예전에 여자 친구랑 싸운 적도 있을 정도예 요. 아, 이런 얘길 하면 제가 불리해지려나요? 요 즘 이 보험 가입하는 게 그렇게 어렵다던데."

"계속하시죠."

"음, 데이트하다가도 일정 시간이 되면 무조건 귀가했거든요. 그날의 흐름을 확인하는 게 일과여 서. 여자 친구랑 그때는 거의 매일 만났으니까, 그 렇게 일상의 한 부분이 되어버리면 다른 것과 공 유하지 않을 수가 없는 거잖아요. 그런데 그걸 이 해 못 하더라고요."

"현재 만나는 분입니까?"

"아뇨, 예전에요. 지금 애인은 많이 달라요."

"여자 친구는 주식을 합니까?"

"지금 애인요? 안 해요. 그래도 제가 보는 주식 차트를 보고 파도처럼 보인다고 하더라고요. 사실 뭐 파동이란 게 또 있긴 하니까."

"비결이 뭐라고 생각하십니까? 주식에서 성공하는?"

"성공이라기보다는 실패를 줄이는 방법 정도? 과욕을 부리지 않는 거죠."

"과욕을 부리지 않는다?"

"조금 오름세를 탈 때 딱 끊는 것, 뭐 그 정도? 한두 주 넣은 사람들은 이런저런 흐름에서 초연할 수가 있는데, 많이 넣은 사람들, 몰빵한 사람들은 그럴 수가 없긴 해요. 그때부터 이성보다는 광기가 지배를 하는 거예요. 저축요? 저축보다는 불안정하죠. 그래도 주식이 좋은 건 그런 것 같아요. 도박은 판을 만들어야 하는데 주식은 잘만 관찰하면 또 기회가 올 수도 있고 딸 때가 있으면 또 잃을 때도 있고 결코 자만할 수 없다는 것, 또 기회가 온다는 것. 그걸 배우게 하는 게 주식이죠."

"밀당을 잘 해야 되는 거네요, 주식도."

"그럼요, 타이밍이니까요."

"어떤 면에서는 연애의 전략과 비슷하군요."

"연애에서는 밀당 안 해요. 밀당도 피곤해요."

자신은 상대방에게 모든 걸 맞추는 타입이라고

신정우는 덧붙였다. 그러고 나서 조에게 "그러는 게 사랑 아닌가요?" 했기 때문에 조는 "행복하게 해주는 게 사랑이죠. 더 나은 사람이 되도록, 서로에게."라고 말하게 됐다. 이전까지 그런 생각을 문장 형태로 내뱉어본 적이 없었지만, 그렇게 말하자 그게 정말 진짜 사랑이라는 확신이 들었다. 그 말에 신정우가 "아아, 그러시구나." 했다. 조는 신정우가 더 물어봐주기를 바랐지만 신정우는 다시 주식 이야기로 돌아갔다.

"단타는 사회의 이슈에 영향을 많이 받기 때문에 사람들의 기대 심리가 어떻게 움직이는지 관찰하는 게 가장 중요해요. 섣불리 뛰어들지 말고 관심 있게 쭉 지켜보는 거. 아! 바로 그 점이 연애랑 닮은 걸 수도 있네요. 어떤 사람인지, 어떤 주식인지. 내가 뛰어들어도 될지 어떤지."

"지켜보다 놓칠 수도 있지 않습니까? 타이밍을."

"그렇죠. 이론적으로는. 그런데 실제로 놓친 적은 없는 듯? 감이 오거든요. 아주 확실한 감."

"주식 말입니까?"

"연애요. 주식은 많이 놓쳤죠."

"운이 좋으셨네요, 타이밍도 운인데."

"그보다는 본능적인 거죠. 뛰어들어야 할 타이밍을 본능적으로 알 것만 같거든요."

조는 조금 전까지 만만하게만 보였던 신정우가 말을 나누면 나눌수록 위험하게 보인다는 것을 느끼고 놀랐다. 위험해 보였다.

"왜 이 보험에 가입하려고 하시는 겁니까?"

"가입하라고 광고하는 거 아닌가요?"

"아무나 받진 않습니다." 그렇게 말하고서 조는 바로 이어붙였다. "최근에 종신보험에 가입하려고 하셨더군요. 상담까지 받고 서류도 냈지만, 결국 가입은 안 하셨습니다. 이유를 여쭤봐도 될까요?"

"아, 그거 대신 이걸 가입하는 건데요. 보험을 뭐든 하나 하려고 했는데, 결혼보험에 관심이 갔어요. 여기서 말하는 내용도 마음에 들고."

"이건 종신보험과는 다릅니다만."

"맞아요, 이건 좀 특이한 보험이에요. 다른 보험은 다 가입이 되던데. 이건 저에게 가입 보류 메일을 보내고, 보험사와 면담 비슷한 것까지 하게 만

들잖아요? 그래서 더…… 일단 가입하고 싶어졌
어요."

"'일단'으로 20년을 납부하실 수는 없지 않겠습
니까? 중도 해약하면 손해인데요. 충동적으로 가
입하실 상품은 아닙니다. 모든 일이 그렇죠."

"한 달에 5만 얼마잖아요, 투자죠."

"신정우 씨는 아마 보험료가 더 오를 겁니다. 저
희 시스템에서 분석한 바에 따르면."

조는 녹음기를 껐다. 안나가 이런 사람을 만나
다니. 사랑이라고 착각하다니.

"신정우 씨와 이야기해보니 뭐 지금이 적절한
타이밍일 수도 있겠다는 생각이 듭니다."

"무슨 타이밍…… 주식요? 아니면 연애요?"

"보험 가입할 타이밍요. 이제 가입하시죠."

이건 조만 알고 있는 신정우와의 시간이었다.
안나가 모르는 시간.

안나는 조가 내민 태블릿 PC의 화면 위에 손가
락을 올리고 그것을 한 장 한 장 넘겨보았다. 거기
안나의 남편 신정우가 있었다. 보험 가입 심사를

받던 그 시절의 신정우. 나는 안나가 울 거라고 생각했다. 흐느낄 거라고, 아니면 화를 낼 거라고, 혹은 조를 신고할지도 모른다고. 안나가 원하고 조가 원해서 그들을 한 공간에서 만나게 하고, 그 앞에 나도 앉아 있었다.

안나의 손끝에서 태블릿 PC 속 사진들이 한 장씩 스쳐 지나갔다. 정우의 모습이 있었다. 무언가를 쇼핑하러 들어가는 상황, 그리고 밤 늦게 집으로 돌아오는 모습도 있었다.

"미행했어?" 안나가 떨리는 목소리로 물었다.

"의심은 내 병이 아니고 내 일이야."

"그러니까 어떻게 의심했냐고 묻는 거잖아? 몰래 따라다녔어?"

"그래, 처음에는 그의 정체를 알아내자는 생각이었고, 나중에는 그를 통과시켜주고 싶었어……. 그래야 널 계속 볼 수 있을 테니까. 일방적으로라도. 그 사람은 너무 불안했어."

잠시 이어진 침묵을 조가 깼다.

"내가 말했던 거 기억하지? 그 사람 우울증이 있었어. 내가 너에게 말했던 거 기억나?"

"글쎄. 그게 뭐 어떻다는 말이야."

"나는 너에게 말했어. 그래서 니가 나를 멀리했지만. 오안나가 왜 그런 사람을 선택했는지 납득할 수 없었어. 그래, 그랬나봐. 그땐 그렇게 생각했어."

안나는 별 표정 변화를 보이지도 않고, 조가 내민 태블릿 PC에 집중했다.

"아…… 여기 정우 단골집이야. 하와이안 음식을 파는 곳. 나는 못 가봤어, 여기서도 만났어?"

안나가 어느 사진 속 간판 하나를 가리키며 말했다. 손가락으로 휙휙 넘기니 다음 사진들이 나타났다. 노란색 차양을 하고 서핑보드를 주렁주렁 달아둔 식당의 인테리어, 그리고 그 한가운데 신정우가 앉아 있는 풍경. 사진은 창밖에서 찍은 것으로 보였다. 조가 고개를 끄덕였다. 직접 만나 대화한 건 두 번이었다고, 두 번째 만남을 요청하니 신정우가 자기 단골 식당으로 오라고 했고 거기서 얼떨결에 식사를 같이 했다고.

"얼떨결에?"

"모르겠어, 신정우 씨가 그렇게 말했던 기억이

나. 얼떨결에 식사나 같이하자고."

"왜?"

"밥을 왜 먹었는지는 나도 몰라. 한번 더 그를 만난 건 그냥 업무였어. 나는 번복하려고 했어."

"번복?"

"내 인생에 그런 일은 없었어. 지금까지 번복이란 건. 그렇지만 나는 번복하려고 했어. 그런데 얼떨결에 밥을 같이 먹었고. 그를 통해 듣는 네 얘기가 나를 나약하게 만들었어. 그리고 그는 AS손해보험의 고객이 됐지."

"그게 언제야?"

"2017년 11월 13일 오후 네 시 반." 그리고 화면에는 촬영 정보가 남아 있었다. 네 시 27분, 하고도 13초.

"그랬구나. 여기에 나를 데려가려고 했었어. 그런데 없어져서 난 말로만 들었거든. 정우가 말한 자리가 여기였구나. 여기였네. 이 자리에 앉으면 햇살이 딱 이만큼 내려와서 좋다고 했어."

안나가 손으로 자신의 쇄골 부근을 가리켰다. 조는 묵묵히 듣고 있었다. 나는 테이블 위에 놓인 태블릿 PC를 들여다보고 싶었지만 조명에 반사되어 잘 보이지 않았다. 그것은 안나가 보기 편한 구도로 놓여 있었다. 그래도 몇몇 사진에서 그가 카메라를 정면으로 바라보는 건 알 수 있었다.

"신정우 씨는 자기가 이 보험에 가입할 수 있는 사람인지 아닌지를 알고 싶어 했어. 그런 인상을 받았어. 여러 이유로 가입을 하려고 하지만 그 사람은 자신이 가입 자격이 되는지 아닌지를 궁금해했던 거야."

조의 말에 안나는 고개를 끄덕였다.

"그렇다면 정말 최선을 다했겠네. 보험사에서 늘상 하는 절차라고 생각했을 수도 있어."

안나는 손끝으로 화면 속 남편의 얼굴을 문질렀다. 조가 안나의 손끝에서 시선을 옮겼다. 안나가 남편의 얼굴을 확대했다.

"표정이 참."

안나는 그렇게 말하고 눈을 질끈 감았다. 그리고 다시 눈을 떴고, 뭘 먹었느냐고 물었다. 둘이 만난 이날, 함께 먹은 게 뭐냐고.

"로코모코."

"로코모코."

조의 대답 뒤로 안나의 말이 겹쳐졌다.

"말로만 들었어. 그걸 늘 먹는다고. 나는 먹어본 적이 없거든. 사진상으로는 상의까지만 보이네. 하의는 뭘 입었어? 신발은? 기억나?"

그리고 안나는 그가 현재 사귀는 사람에 대해서 뭐라고 말했는지, 지난 연애에 대해서는 어떻게 적어냈는지, 뭘 두려워한다고 했는지, 그런 것들을 하나하나 물었다. 조는 안나가 그만이라고 말할 때까지 계속 대답해야 했다. 조는 놀랍게도 모든 것을 대답했다. 안나는 그 어떤 것이든 다 담아내는 듯이, 마치 꿈꾸는 표정으로 그를 바라보았다. 정확히는 그 이야기 속의 정우를 바라보았다.

조는 안나가 묻지 않은 것에 대해서도 말해주었다.

"그날 신정우 씨는 라세 린드의 노래를 듣고 있었어. 우리가 아는 그 노래. 나중에 물어봤는데 한 곡만 무한 반복하고 있었대."

안나의 눈에 눈물이 맺히는 게 옆 자리에서도 보였다.

"안나야. 그거 내가 너한테 선물한 노래라는 거 기억해?" 조는 안나의 반응을 기다렸다. 뭐라고 말해주길, 어떤 것이라도. 그러나 안나는 눈물만 가만히 흘렸다. 나는 이 대화를 중단시켜야 할까 생각했다. 안나가 원해서 만든 자리였지만, 안나는 지금 겨우 견디는 것처럼 보였다. 그러나 내가 중단시킬 수 있는 흐름도 아니었다.

"그 가사는 내 마음이었어. 나는 그게 우리 노래라고 생각했어. 언젠가 네 이어폰에서 갑자기 예고 없던 노래가 흘러나올 때 너는 놀랐잖아. 기억해? 나는 기억해. 그렇게 그 노래는 너에게 내가 선물한 거였어."

안나가 고개를 끄덕였다. 그게 어떤 의미인지는 알 수 없었다.

"나 이 노래를 두 달 내내 들었어. 자고 일어나면 이 노래가 들리기 시작했거든. 그러면 자동적으로 눈물이 나고, 베개가 젖어. 그러면서 일어나는 거야. 살 수가 없었어. 그래, 널 통해서 이 노래를 처음 선물받았지. 나는 이 노래 가사를 그때 이해하지 못했어. 알았지만 진심으로 이해하지는 못

했어. 그런데 정우에게 들려주면서 한 단어 한 단어 함께 곱씹고 음미하고 싶어졌어. 그런데……정우가 죽었어. 그렇게 되고서 두 달간은 이 노래가 내 머릿속을 가득 채워서 살 수가 없었지. 진짜로 일어나면 이 노래가 막 돌아갔거든. 머릿속에서 계속. 지금 내가 다시 이 노래를 들으면 한 꺼풀 차분해진 감정을 느낀다는 게 놀라워. 어느 순간에 노래가 그치지 않았다면, 나는 이 노래를 정말 미워했을지도 몰라. 이제 듣고 싶어도 자동 재생은 안 돼. 그래서 그냥 찾아 들어. 내가 말했나? 나 남편 장례식도 못 지켰어. 완전히 죽은 건 아니야, 그렇게 생각하니까 아무렇지 않기도 했어. 나는 느껴지거든. 아직 정우가 멀리 안 간 거. 내 곁에 오기도 하는 거……. 그때 거기 있었지? 봄에, 내가 도서관에서 널 봤어."

그 말에 조가 완전히 멈춘 듯했다.

"회사를 그만둔 이후로 너에 대한 소식을 전혀 듣지 못했어. 인스타그램 같은 걸 보는 게 고작이었지. 그런데 우연히 네 소식을 듣게 되었고 너무 걱정이 되어서. 난 그저 네가 어떤 상태인지 알아야 해서 찾아갔던 거야."

"처음엔 집 앞에 서 있었잖아."

"주소는 그분한테서 받았던 거야. 미정 씨. 내가
너에게 보낸 우편물을 보고 그분이 연락했었어.
전달됐나? 마스크였어. 너무 구하기 어려웠을 때,
지난해 초에. 그걸 다시 너에게 보내는 과정에서
네 주소를 알게 된 거고. 그걸 아는 건 너무 쉬웠는
데, 결단코 집 앞에 찾아간 건 그날이 유일했어."

"집 앞부터 따라온 게 맞았구나."

"너가 비틀비틀 걸어서 나는 따라갔던 거야. 멀
리서. 걱정되어서 어쩔 수가 없었어. 마음 같아서
는 태워다주고 싶었다고. 도서관까지. 너가 벤치
마다 앉아서 우는 걸 내가 어떻게……."

조는 거기까지 말하고서 앞에 놓인 물을 단숨
에 마시고서 이렇게 말했다. 훨씬 고음의 목소리
로. "이건 다 그 자식 때문이야. 그 머저리 같은 애
랑 너가 만났기 때문에 벌어진 일이라고! 어떻게
너가, 어떻게 오안나가 그런 새끼를 만날 수가 있
지!"

그렇게 말하고는 태블릿 PC를 낚아채듯 집어

들었다가 바닥에 떨어뜨렸다. 내 생각보다 손이 먼저 튀어나갔다. 나는 조 앞의 테이블을 쾅 쳤다.

"이럴 거면 나가요."

조는 두 손으로 얼굴을 감싸고는 고개를 가로저었다. "이제 좀 제발."이라고 하면서.

"나는 그렇게 생각했어. 누구나 알몸이 되는 순간이 있으니까, 누구나 옷을 늘 입고 있는 건 아니니까. 신정우는 너에게 옷 한 벌과 같은 거라고. 그렇게 생각하니까 편해지더라. 그런데 왜 하필 그런 옷을 골랐을까. 왜 하필 내가 봐도 너무 불안한 너랑 어울리지 않는 그런 옷을 골랐을까. 그게 너무 이해가 안 됐어. 그 옷은 내가 보기에, 널 보호해주지 못할 것 같았거든. 오히려 널 힘들게 할 것 같았거든. 그런 생각으로 머릿속이 가득 찼는데. 그렇지만 이것도 다 과거의 일이야. 지금 나한테 오안나는 그저 화석 같아. 암모나이트 같은 거. 그저 한 시절을 보여주는 그런 존재. 물론 화석은 소중한 거니까, 그 시절을 증명하는 거니까, 나는 웬만하면 네가 다치지 않기를 바라. 그게 내 솔직한 심정이야."

고요한 건 안나뿐이었다. 안나는 그저 가만히, 이제는 사라진 머릿속의 노래를 잡아보려는 사람처럼 앉아 있었다.

"그날, 집 앞에서 내 남편도 봤어?"

"뭐?"

조는 당황했고, 나는 어리둥절했고, 안나는 절박했다.

"이상하게 들릴 수도 있지만, 나에겐 중요한 문제야. 나는 그날 너를 봤고, 그건 너도 인정했지. 그렇다면 너도 날 봤을 텐데. 내가 아파트 공동 현관을 걸어 나올 때, 난 혼자가 아니었어. 분명히 그런 느낌을 받았거든. 늘 그런 건 아니야, 그날은 그랬어. 정우가 내 왼쪽에 있지 않았어? 그걸 본 사람이 또 있었으면 좋겠어. 혹시 봤니? 정우가 나한테 팔을 두르고 있었어?"

조는 아무 말도 하지 못했다. 나도 그랬다. 안나의 질문은 누구도 해치려고 하지 않지만 조는 그 앞에서 무너져버렸다.

몇 년간 안나를 바라봤던 조는 안나가 내준 시간 30분을 다 채우지 못하고 자리에서 일어났다.

울지도, 길게 변명하지도 않았다. 단지 도망쳐버렸을 뿐이다. 조가 사라진 자리를 우리는 말없이 보고 있었다. 안나는 완전히 힘이 빠진 목소리로 말했다.

"봤대, 정우를 봤대, 내가 그날 분명히 정우를 만났거든. 나를 안아줬거든. 그걸 봤대……."

그리고 바닥에 떨어진 태블릿 PC를 주워, 크게 금이 간 액정을 보고는 서둘러 화면을 다시 밝혔다. 그리고 그 안에 아직 신정우의 조각들이 남아 있고 여전히 보인다는 사실에 안도하면서 울었다. 안나는 손가락 끝으로 남편의 조각들을 더듬고 더듬었다.

그들은 지난겨울에 혼인신고를 했다. 그들이 함께 결정한 건 거기까지였다. 남편의 부검 결정부터 시작해서 그 이후의 많은 것들에 대해 결정해야 했던 지난봄, 모두가 안나의 의견을 물었지만 안나는 어떤 것도 온전한 정신으로 고를 수가 없었다고 했다. 아무런 차이가 없는 무의미한 선택지들이었다고. 남편과 함께하는 삶이 이제 끝났다는 게 그 이후 무언가를 계속 결정해야 한다는 게 애초에 말이 되지 않았다. 안나는 그가 정말 스스로 목숨을 끊은 것인지 아니면 모두가 자신을 속이는 것인지 알 수 없는 상태에 놓인 채 끝없는 잠에 빠졌다. 그 시절로부터 겨우 빠져나온 후에는 완전히 혼자가 되었다는 사실을 수없이 의심해야 했다. 어떤 밤에는 흰 벽에 비친 그림자 하나를 마주하기도 했는데, 그건 안나의 것이 아니었다. 그럴 때면 그가 사라질까봐 안나는 내내 마음을 졸였다.

7

어떤 사람들은 밤마다 딱 한 층만 피하는 엘리베이터를 탄다. 내 경우엔 3층이다. 아무리 3층을 눌러도 엘리베이터는 거기에 서지 않는다. 5층과 2층에, 4층에 멈출 수 있지만 3층을 피해 가는 것이다. 사람들은 계속 타고 내리고 타고 내리는데 나 혼자만 엘리베이터 안에 여전히 있을 것이고, 조금 전에 내렸다가 다시 탄 사람들이 이렇게 물을 것이다. 뭐야, 종일 엘리베이터만 타는 거야? 어딜 그렇게 가는 거야? 나는 3층에 가려고 한다고 말하고, 누군가는 그게 뭐 대수냐는 듯이 얼른 내리라고 말한다. 그중에도 엘리베이터는 계속 오르내린다. 3층만 피해서 오간다.

한 시기에 집중적으로 만났기 때문에, 조와 보낸 시간을 내 삶에서 완전히 도려내는 건 그리 어려운 일은 아닐 것 같았다. 나는 그저 6월과 7월, 8월에 이르는 그 새하얀 시간을 잊어버리면 되는 거였다. 그러나 그 시기의 흔적들을 사진에서 문자메시지에서 통화 내역에서 어디서 다 지우고 난 후에도 이상하게 그것들은 수상한 먼지처럼 자주 발견되었다. 완전히 도려낼 수 있는 것이 있을 리가 없었다. 예고 없는 파도처럼 크게 치솟아 나를 덮치기도 했다.

나는 안나에게 보통 사람과 스토커 사이에 차이는 분명히 존재한다고, 그게 바로 행동이고 그게 바로 임계점이라고, 그게 바로 한 번 선을 넘어선 사람을 다시 믿기 어려운 이유가 된다고 말했다. 당연히 조를 두고 한 말이었는데, 이상하게 조를 두고 한 그 말을 떠올리다 보면 어느 순간 그 끝에는 오래전 내 모습이 겹쳤다. 나는 안나 앞에서 솔직할 수 없었다.

내가 안나 앞에서 자꾸 뒷걸음질을 치게 되는

건 우리가 가장 가까웠던 그 시기를 없던 일로 하고 싶어서인지도 모른다. 스물하나 혹은 둘, 우리가 한강공원에 나란히 앉아 맥주를 마시던 그 시절의 끝 무렵에 어떤 고백을 했던 것, 그러니까 비밀을 털어놓은 것에 대해 후회하고 후회했다. 이상하게 그 기억은 내가 도려내고 싶어할수록 더 단단해져서 예상치 못한 시점에 툭툭 튀어나왔다.

제이엘이 나를 호출했을 때, 장어를 사주면서 검증 어쩌고 이야기를 했을 때, 내가 가장 먼저 떠올린 기억이 거의 20년 전 그 일이었다는 것이 소름 끼쳤다. 지긋지긋했다. 한 사람에게 약점을 드러내 보이는 게 이렇게 오래 후회스러운 일이 될 줄은 몰랐다. 내가 후회하는 건 그날 안나의 반응 때문이었을까? "그때 나는 너무 어렸어……."로 시작되는 그 이야기를 꺼낸 게 엄밀히 말해 처음은 아니었으니까. 나는 그 이전에도 같은 사건에 대해 털어놓으며 누군가의 동정과 이해를 구하려던 적이 있었고 그게 통했다고 생각했으니 안나에게도 그 일을 털어놓은 것이다. 그러나 그때 안나가 보인 반응은 내가 상상한 것과 조금 달랐다.

"아니야, 너는 어리지 않았어. 잘못이 뭔지 아는 나이였고, 알아야 하는 나이였어."

우리는 그날 가슴 깊은 곳에 있던 비밀을 돌다리 놓듯 털어놓다가 거기까지 도달한 거였는데, 굉장히 심각한 안나의 반응 때문에 나는 우리가 이야기 나누는 공간이 한강공원이고 저만치 다리 위를 통과하는 지하철 한 대와 다음 지하철 한 대 사이의 간격이 점점 멀어지고 있다는 사실을 새삼 인식하게 됐다. 비밀 털어놓기를 하다가 갑자기 현실의 모서리 같은 걸 인지하게 되었다는 말인데, 누구나 접어두고 싶은 모서리를 갖게 마련이고 그때 중요한 건 모서리를 접었다는 행위이지 접힌 페이지 속의 내용을 다시 보는 게 아니라고 생각했기 때문에 안나의 반응이 당혹스러웠다. 안나는 기꺼이 그 페이지의 내용을 들여다보려고 했던 것이다. 펀치기라는 말은 내가 먼저 한 건데도, 그조차 안나의 입을 통해 다시 들으니 내게 벅차게 불온한 말처럼 느껴졌다.

"정말 어릴 때 열다섯 살, 중2 때였어. 나는 그냥 어울리던 무리를 따라간 것뿐이었고."

상자는 열렸고 나는 처음 이 상자를 직접 열어 젖힐 때와는 조금 다른 기분으로 꾸역꾸역 말하고 있었다. 상자에서 꺼내야 할 물품은 이미 다 꺼냈는데 안나는 계속 그 안을 들여다보려고 하고 있었다. 안나는 화장실로 뛰어갔다. 그리고 잠시 후 뭔가를 잔뜩 게워낸 표정으로 돌아와 다시 그 페이지를 들여다보았다.

"그럼 벽돌 같은 걸로 지나가는 아저씨를 쳤다는 거야?"

"아니, 벽돌을 넣고 다니진 않았어."

"그럼 뭐야."

"가방이나 우산 같은 거…… 아니, 나는 잘 몰라."

"이유 없이 지나가는 아저씨를 뒤에서 쳤다는 거잖아. 그리고 돈을 빼앗았어?"

"내가 그런 게 아니었어."

"펀치기란 말을 먼저 한 건 너잖아. 그럼 넌 뭘 하고 있었어, 그 무리 안에서 넌 뭘 하고 있었어?"

"요즘 기사에 나는 그런 정도는 결코 아니었어. 그리고 나는 그저 멀리서 애매하게 서 있었어. 멀리 가지도 못 하고 그냥 서서."

"망을 봤어?"

"딱 한 번뿐이었어." 나는 거짓말을 했다.

나는 거기까지 말하고 입을 다물었다. 이 얘기
는 괜히 꺼냈다고 생각했다. 쓰러진 사람의 지갑
에서 꺼낸 만 원짜리 지폐 몇 장으로 무리가 술이
며 담배를 살 때 그 안에 계속 머물렀던 건 내가 표
적이 되지 않기 위해서였다. 그러나 결국 나는 표
적이 되었고 그 이유는 적극적이지 않다는 점 때
문이었다.

"결국 전학을 갔어. 다행히 전학 간 학교에서는
차분한 아이들을 만났어. 그 무리 속에 있으니까
나는 또 그런 사람이 되어 갔어. 나는 잘 물드는 타
입이었어. 그런데 가끔 생각해. 아니, 꿈을 꿔. 꿈
은 내가 생각해서 꾸는 건 아니니까 잘 모르겠지
만. 너 가끔 내가 소리 지르면서 깨어나는 걸 봤
지? 일부러 그러는 게 아닌데도 꿈만 꾸면 자꾸 엘
리베이터 속에 있어. 우리 학교의 출구가 3층에 있
었거든. 3층에 내리면 로비로 연결이 되는데 내 엘
리베이터가 3층에 서질 않는 거야."

"맞은 사람에 대해서는 생각해봤어?" 안나가 물었다.

"생각하지. 꿈에서도 만나. 엘리베이터가 3층에 서지 않는데, 2층이나 4층에서 그 애들이 탈까 두려웠어. 처음 나한테 말을 걸어왔던 그, 꽤 호방한 편인 애였는데 그 애가 말을 걸어올까봐. 좁은 엘리베이터 안에 서서 등을 최대한 보이지 않으려고 애쓰다가 깨는 거야."

"아니, 피해자 말이야."

우리는 계속 맥주를 마시고 있었는데 갑자기 숨이 턱 막힐 것 같았다. 나는 얼른 대답하지 못했다.

안나가 말했다. "아무 이유 없이 맞은 사람. 그 사람이 어떻게 되었을지는 궁금해하지도 않았던 거야?"

"나는 그들을 신고했어."

정확히 말하면 내 부모가. 어중간하게 가해자 무리 속에 있었던 나는 그렇게 신고자가 되어 다른 자리로 이동했다. 그리고 도망치듯 전학을 갔다.

이 일은 시간이 많이 흐른 후 압축되고 압축되다가 결과적으로는 안나가 내 말을 듣던 중에 갑자기 일어나 입을 틀어막고 공원 화장실로 다급하게 달려갔던 장면만 크게 남았다. 그 시간이 얼마나 되었을까, 안나는 토했다. 토하고 돌아와서 힘들다고 했다. 나는 안나를 이해시키기 위해 결국 내가 정말 하고 싶지 않았던 말, 털어놓을 생각이 없었던 말, 내가 따돌림을 받을까봐 두려웠고 그럼에도 따돌림을 받았다는 말, 밀려나지 않기 위해 망을 봤고, 어디에 서 있어도 늘 내가 겉도는 느낌을 받았던 그 시간에 대해 말할 수밖에 없었다. 그걸 끄집어낸 건 안나였다. 나는 그래서 안나를 미워했고 우리는 어색해졌다. 점점 더.

우리는 다시 여기, 한강공원 같은 지점에 와 있었다. 그 고백으로부터 거의 20년 가까이 시간이 흐른 지금. 그 시절을 기억하고 있을까 싶었는데 안나가 입을 열었다.

"그 얘기를 듣기 전부터 속이 좋지 않았는데, 네 이야기를 듣던 중에 화장실로 가게 되어서 참 공교로웠지. 당혹스럽기도 하고. 물론 정말 그 얘기가 당혹스럽지 않은 건 아니었고. 다만 시간이 조

금 지나니까 내가 못 본 그림도 보이더라. 유리 너
가 그 얘기를 나에게 털어놓았을, 그 마음이 어떤
거였을지 조금은 짐작해보고 싶어지더라. 그 얘기
를 하는 것도 참 쉽진 않았을 텐데 그런 생각을 그
당시엔 못 했고, 시간이 지난 후에야 알게 된 거야.
다시 말해보고 싶었는데 계속 기회를 놓쳤어. 아,
내가 이 얘기를 다시 꺼내는 건……, 너가 나에게
그 얘기를 한 걸 후회하지 않기를 바란다는 말을
해주고 싶어서야. 나는 너를 탓하려고 했던 게 아
니라고. 놀랐지만, 그리고 너에게 말하고 싶었던
게 있지만, 너와 멀어지려고 선 그은 게 아니라고.
그런 말을 할 기회를 자꾸 놓쳤다. 그리고 나는 그
얘기를 그날 이후로 어디에 가서도 한 적이 없어.
혹시 네가 모를까봐."

지하철이 지나갔다.

"저게 막차다." 나는 그 시절에 우리가 많이 했
던 것처럼 거짓말을 했다. 안나가 "기억나." 했다.
그때 우리는 막차를 놓칠까봐 전전긍긍하면서 조
금 더 오래 이곳에 머물고 싶어 했다. 특히 지금 같
은 여름밤에는. 저만치 지나가는 지하철이 시곗바

늘처럼 느껴졌고, 그것에 무뎌질 때쯤엔 어느 한쪽이 "막차다."라고 했다.

"막차는 이게 막차라고 말해주던가? 지하철 말이야." 안나가 지하철이 지나간 다리 쪽을 응시하며 말했다.

"아닐걸. 그랬던가? 기억이 안 나. 그땐 시간을 아예 외우고 있었고 요즘엔 어플을 보니까."

"친절한 기관사들은 말해주기도 했던 것 같아. 그런 적이 있어. 분명히."

우리는 세상에 그렇게 신호를 보내오는 것이, 미리 보내오는 것이 많지 않다는 것, 막차인지 뒤에 무엇이 또 있는지 알 수 없는 세계가 대부분이라는 것에 동의했다. 안나가 말했다.

"아무 신호가 없다는 게 위안이 될 때도 있다. 왜냐하면…… 불행의 신호를 미리 안다고 해서 달라지는 게 그리 많지도 않거든."

나는 안나의 손을 잡았다. 안나가 멀리 흘러갈 것처럼 느껴져서였다. 안나는 가만히 있었다. 출렁거리면서 다시 내 곁에 일정 거리를 두고 있었다. 그러다 손을 움직여 우리의 맞잡은 손을 위로 쭉 뻗어 올렸다. 그리고 다른 쪽 손도 쭉 뻗으면서 기지개를 켜는 모양새를 취했다. 멀리서 보면 한강에서 체조를 하는 것 같겠지만 안나의 눈에 눈물이 맺힌 걸 내가 못 볼 리 없었다. 안나는 잠시 후에 조금 더 밝게 키운 목소리로 말했다.

"냉파라는 말 있잖아. 냉장고 파먹기. 나는 지금 캐파 중이다?"

"캐파?"

캐리어 파먹기, 그렇게 말하고 안나는 희미하게 웃었다.

"슈트 케이스 파먹기, 슈파. 이러면 좀 느낌이 안 살아. 캐파가 좋다고. 캐리어랑 슈트 케이스는 뭔가 돈가스와 포크커틀릿 관계 같잖아."

"캐리어 파먹기는 뭔데?

"지난 여행의 추억들을 하나하나 꺼내면서 사는 거지. 미래가 아니라 과거로 가는 여행을."

안나가 조를 만난 것도 그 여행의 일부였다. 남편과 관련된 것들을 하나씩 복기하면서, 안나는 자신이 이해할 수 없는 영역으로 건너간 것을 알아가려 했다.

"결혼 보험이라니 상당히 괴짜라고 생각했는데 내 남편이 가입했을 줄이야. 살짝 충격이었지. 정우는 가입해놓고도 그걸 기억하지 못했지만. 가입 자체가 중요했던 거야. 가입 가능 여부가 궁금했겠지. 그런데 가끔 그런 생각도 들어. 이 보험 가입자로서 정우가 만약 한 건 한 건 보험금 청구를 하고, 그 기록이 어딘가 남아 있고, 그 안에 우리의 대화라든가 어떤 형태로든 삶이 묻어났다면, 그게 누구에게나 그런 건 아니겠지만 나에게는 하나의 여행지일 수도 있었겠다. 설령 정우가 나의 비합리적임을 고발하는 방식이었다고 하더라도 말이야. 이제 나에겐 남겨진 정우의 모든 흔적이 다 미지의 세계야."

안나의 표정이 슬퍼보이기도 했고 아닌 것도 같았고, 꿈을 꾸는 것 같기도 했다. 화사하고 연약한 꿈을.

"있잖아, 우리가 함께 봤던 그 디오라마에 대해서 종종 생각해. 나는 결혼식이라고 했고, 정우는 전쟁이라고 했지."

"그리고 공항 노숙 장면으로 이어졌고."

"그리고 지금은 내 꿈 같아. 꿈을 꾸면 자꾸 그 안으로 돌아가 있다. 디오라마 속으로. 디오라마 속의 인물이 된 게 중요한 게 아니라 그만큼 우리가 아주 작아지는 게 포인트인데, 그게 나쁘지 않아. 우리의 사정은 알 길 없는 사람들이 우리를 내려다보면서 무슨 일일까 생각하는 게 나쁘지 않아."

그리고 약관집에서 뜯어낸 275페이지를 보여주었다.

그는 매일 아침 여덟 시가 되기 전에 집을 나선다. 버스가 서는 정류장까지는 3분 정도 걷는 것으로 충분하다. 빵집과 편의점과 세탁소와 미용실이 함께 있는 건물 앞에 버스가 선다. 아침 여덟 시 무렵에는 이미 긴 줄이 생겨나 있고, 그는 늘 대여섯 명을 앞에 두고 그다음 차례에 놓이게 된다. 늘 반복되다 보니 어쩌다 두 번째나 세 번째로 줄을 서게 되면 좀 이상한 기분을 느끼기도 한다. 그렇게 서 있으면 바로 앞에 선 남자가 재채기를 연속적으로 세 번 하고, 이어서 금색 패딩을 입은 여자가 그의 왼쪽으로 지나간다. 어깨를 한껏 뒤로 젖힌 채 마치 두 개의 날개뼈를 포개는 게 최종 목표인 모양새로 걸어가는 것이 매일 그의 눈길을 붙잡는다. 그가 그 여자의 뒷모습을 바라보면 대각선 너머에서 또각또각 소리가 다급하게 들리면서 좀 더 젊은 여자가 빠르게 다가온다.

만약 안나가 약관집을 누군가에게 팔았다면 이 페이지를 만나지 못했을 것이다. 처음 책을 팔겠다고 생각했을 때는 보지 못했던 페이지를 그 후에 찬찬히 읽으며 보게 된 거였다. 안나는 심장이 쿵 내려앉는 것을 느꼈다. 문장들 위로 남편의 목소리가 겹쳐졌던 것이다.

그가 어느 날 잠들려다 말고 이런 이야기를 했다. 거의 매일 이 풍경이 반복되는 것이 그에게는 너무 신기한 일이라 실제라는 귀퉁이가 마모되는 느낌이라고. 매일 반복되니 이제 그들이 어디로 가는지가 궁금한데, 그런데 꼭 그때 버스가 와서 그걸 타야 한다고.

"금색 패딩? 어떻게 금색 패딩이 있을 수 있지?"

안나의 말에 그는 노란색에 펄이 들어가면 금색이 아니냐고 했다.

"정말 펄이 들어가 있단 말이야? 패딩 전체에? 아니면 일부분?"

"그럼 내일 아침에 내 뒤에 따라와봐. 금색 맞아."

그는 지금 패딩 색깔이 중요한 게 아니라는 듯이, 더 앞으로 흘러갔다. 그 무렵 매일 반복되던 일상에 대해서 말이다. 바이크를 타고 출근하던 시절이 있었지만 어느 순간부터 그는 늘 8시 6분 버스를 탔고, 그걸 타지 않으면 모든 것이 흐트러진다고 느끼게 되었다. 아마 분 단위로 동일한 패턴을 지켜야 하는 사람들끼리 공유할 수밖에 없는, 그래서 만들어진 의도 없는 교집합에 대하여. 그러나 그 풍경을 누군가 관찰하고 또 이렇게 소리 내 전달하는 순간, 이제 의도가 없다고 말하기는 어색해진 것이다.

"정우에게 이 이야기는 현재형이었거든. 이 책이 만들어진 게 2017년이라는데, 내가 이 이야기를 들은 건 적어도 올해 초였어. 4년이나 지나서 말이야. 그러니까 남편이 이 책 속의 이야기를 읽고 그걸 마음에 오래 품은 건지, 아니면 그 반대인지는 알 길이 없지만."

"반대라는 건 뭐야?"

"이 책 고객별로 1:1 맞춤이라며. 가입자가 표지 컬러를 고르는. 어쩌면 정우의 이야기를 이 책에 담은 걸 수도 있지. 금색 패딩은 정우가 오래 고민하던 이야기였던 거야. 정우 눈에만 보이는."

안나는 남편이 오래 품고 있던 이야기를 자신에게 했다고 생각했다. 이 짧은 글에 들어간 거리묘사에 정우가 결혼 전에 살았던 동네를 대입해보기도 하고, 시간 순서가 조금 어긋나지만 이상하게 쏙 들어맞는 그들의 신혼집 동네를 대입해보기도 하면서. 물론 한 건물에 빵집과 편의점과 세탁소와 미용실이 들어간 풍경, 그 바로 앞에 마을버스 정류장이 놓인 그런 풍경쯤은 어디서나 만나볼 수 있는 것이다. 약관집 속에 녹아 있는 스토리텔링일 뿐일 것이다.

그러나 안나는 이 이야기를 알아보았고, 그것을 뜯어냈다. 그리고 이야기의 절단면을 맴돌면서 그 뒤를 매일 조금씩 다르게 이어붙였다. 안나가 생각해낸 이야기는 모두 103개나 되었다. 동그란 번호를 붙여서 수첩에 조금씩 적어둔다고 했다. 안나는 지난밤에 생각한 이야기를 들려주었다.

　대리운전 콜이 들어온 걸 확인한 정우가 안나에게 "인천 어때? 소래포구 근처야."라고 말한다. 안나는 "좋지." 하고는 함께 주차장으로 내려간다. 킥보드를 든 정우가 보조석에 타고 안나는 운전대를 잡는다. "금색 패딩을 입고 있대." 그가 말한다. 안나는 정우를 약속 장소에 내려준다. 저만치 금색 패딩 입은 손님이 보인다. 정우는 금색 패딩 입은 손님의 차를 향해 걷는다. 안나는 그 차와 같은 목적지를 내비게이션에 찍는다. 그들은 이제 같은 시간에 같은 도로 위를 달린다. 소래포구 쪽에 도달하면 저만치서 킥보드를 탄 정우가 달려오는 것이 보인다. 그를 픽업해 포구에서 가장 화려한 식당을 향해 간다. 식당 주인이 곧 문 닫을 시간이라고 말해서 그들은 겨우 포장만 한다.
　다시 집으로 돌아오는 차 안에서 그들은 이런

게임을 한다. 서로 외우고 있는 상비 문장을 하나씩 꺼내놓으면, 그것에 대해 상대방이 말을 이어가는 것. 결국에는 늘 사업 구상으로 흐른다. 안나가 먼저 말한다.

"진짜 중요한 건 눈에 보이지 않는다—생텍쥐페리, 『어린 왕자』. 이 다음을 이어봐. 호텔 방에서 이 문장을 발견한다면?"

이제 정우가 대답한다.

"거기에 바로 이어붙이는 거야. 이렇게. 그러나 우리는 먼지 단위까지 세심하게 신경 쓰고 있습니다. 코로나 안심 구역—객실 담당 매니저 신."

그리고 이번에는 정우가 문장을 낸다.

"Never more.—에드거 앨런 포, 『갈까마귀』."

안나가 조금 생각한 후 대답한다. "코로나가 걱정된다고 물으면? Never more.—객실 담당 매니저 오."

"남을 비판하고 싶을 때면 언제나 이 점을 명심해라, 아버지는 이렇게 말씀하셨다.—F. 스콧 피츠제럴드, 『위대한 개츠비』."

정우가 그 문장을 받는다. "그 문장은 욕실에 있

으면 좋겠다. 이런 메모가 같이 가면 좋겠지. 나는
오늘 몇 번이나 손을 씻었는가?—객실 담당 매니
저 신."

밤의 도로 위에서 그들이 방금 만들어낸 호텔
방 하나 때문에 그들은 키득키득 웃고는 게임을
계속한다. 안나가 말한다. "그건 내 잘못이 아닙니
다.—알베르 카뮈, 『이방인』."

남편이 이어받는다. "불청객이 오지 않도록 우
리는 최선을 다했습니다.—객실 담당 매니저 신."

"그게 무슨 맥락일까?"

"코로나 상황을 반영한 메시지지. 너무 우울하
다면 다음 장면으로 바로 간다."

그 밤의 드라이브를 통해 그들은 서른 개의 근
사한 문장들을 수집한다. 그걸로 호텔 입구부터
객실, 루프톱까지 그 안에 이야기의 동선을 부여
하는 영상을 찍어보자는 게 그들의 사업 구상이
다. 발과 말이 움직인 경로들을 반드시 기억해야
만 한다는 것은 누구에게나 조금 서글픈 일이지
만, 불안을 달래거나 가지고 놀 수 있는 문장들을
이어서 그 문장들로 여행의 동선을 만드는 건 나

쓰지 않을 거라고, 그들은 말한다. 대부분 유명한 문장들이지만, 그중에 하나만 다른 걸로 채운다.

"책은 내가 만나야 할 당신이 되기도 하지만, 때로는 근사한 배경이 되어주기도 한다. 사실 그것만으로도 충분하다.—오안나, 『도서관 런웨이』."

안나가 그 문장을 읊었을 때 남편이 뭐라고 했을까. 궁금했지만 들을 수 없었다. 안나는 거기까지만 썼다. 이 이야기에는 그들의 실제 삶이 많이 녹아 있었다. 안나의 남편은 지난해 말에 결국 카페 폐업 신고를 했고, 안나도 명예퇴직을 한 이후여서 두 사람은 오랜 시간 함께 붙어 있었다. 남편은 종종 대리운전을 했다. 하루에 네 건 정도를 뛰기도 했고 한 건만 뛰기도 했다. 이 이야기는 미정에게서 얼핏 들은 적이 있지만, 안나에게서 듣는 이야기는 이렇게 느낌이 달랐다. 그가 킥보드를 옆에 끼고 밤의 도로를 달릴 때, 안나가 같은 도로를 반대편에서부터 달려와 마침내 그를 태울 때, 그들은 고단하지 않았다.

"물론 몸은 피곤했지만, 그리고 먼 미래를 생각

하지 않아도 당장 내일이 불안했지만. 이상하게 같이 대화를 나누고 있으면 안갯속이든 빗속이든 눈보라든 어디로든 계속 흐를 수 있을 것만 같았거든. 우릴 보고 철이 없다고 한 사람들이 있었는데, 정우는 늘 그럴 때마다 큰 소리로 말했어. 각자 인생은 각자가 사는 겁니다, 하고. 그래서 과감한 투자를 하기도 하고 그래서 실패하기도 했지만 그건 다 자기 몫이라고 했어. 나는 그런 당당함이 좋았거든. 그래서 정우의 선택을 이해할 수는 없어, 당장은. 어쩌면 앞으로도. 혹시 내가 보고 싶은 면만 본 걸까, 그래서 사각지대를 못 본 걸까. 고단해지지 않기 위해 너무 애썼던 것은 아닐까, 그도 나도."

　안나를 가장 슬프게 하는 감정은 그거였다. 밤의 도로를 달리는 동안 그들이 느낀 감정이 완전히 일치한 것이 아니었을지도 모른다는 것, 오차가 있을 가능성을 안나는 조금도 생각하지 못했다.

　나는 안나에게 말해주었다. 그가 너에게 한 말들은 다 진실이었을 거라고. 우리는 때로 미래형으로 진실을 말하니까. 누군가를 안심시키는 말을 하고 그 과정에서 조금 무리할 때도 있지만, 소리

내는 동안 내 마음을 어떤 말 위에 살짝 올려두는 거니까. 어디선가 몰랐던 바람이 불어와 이 말이 흐르기를 기다리는 심정이 되기도 하니까.

그러니 우리가 본 것이 동일한 것인지 어떤지 매 순간에 맞춰볼 수는 없어도, 그 말을 따라 함께 몇 걸음이라도 옮겨주는 것, 그것이 우리의 최선이라고.

"그렇다면" 하고 안나는 말했다.

"나는 살아야겠네, 더 열심히."

어느 밤의 도로에서 정우가 해준 말 위를 이제 안나는 흘러간다. 그 말은 겨우 한 문장 정도였지만 자꾸 불어나고 불어나 안나를 든든하게 채운다. 삶이 좋아하는 것으로만 이루어지는 게 아님을 알아. 먹구름에 가려 일몰을 볼 수 없는 날도 생기고, 애써 준비한 마음이 오해되고 버려지는 경우도 생기겠고, 삶의 타이밍이 늘 한 발 늦을 수 있고, 내 경우엔 미련도 품을 수 없을 만큼 열 발쯤 늦을 때가 많고. 시간 낭비 같은 산책도 많지. 회복 불가능할 정도의 일도 있고. 내가 사랑하는 세계가 훼손되고 내 속도가 흔들릴 때도 울지 않을 거라고 말할 자신은 없는데. 그렇지만 무언가를 누군가를 아주 좋아한 힘이라는 건 당시에도 강렬하지만 모든 게 끝난 후에도 만만치 않아. 잔열이, 그 온기가 힘들 때도 분명히 지지대가 될 거야.

애기 중에 갑작스러운 비가 쏟아졌다. 안나는 갑작스러운 비가 아니라고 했다. 안나에게는 이미 그 찜찜한 우산 소품이 있었다. 비닐 파라솔처럼 느껴질 정도로 넉넉한 크기의 우산을 안나가 확 펼쳤다. 엄청나게 큰 꽃이 몇 초 만에 피는 것 같네! 내가 감탄했다.

"촬영용 소품이었잖아. 어쩌면."

"믿고 싶지 않으면 안 믿어도 되고, 우린 믿고 싶은 이야기만 믿으면 되지. 그리고 정확히 말하면 이건 소품이 아니라 선물인 거야."

내 가방 속에도 작은 우산이 하나 들어 있었지만, 안나가 가진 우산이 그 순간 우리에게 필요한 유일한 우산이 되는 게 좋아서, 우리는 그걸 함께 쓰고 총총 걸어나갔다. 언젠가 안나가 도서관 런웨이를 다시 한다면 그 끝에 서서 영상을 찍어주겠다는 내 말에 안나는 일단 대기 번호표부터 뽑

으라고 했다.

오랜만에 출근을 했을 때 달라진 건 아무것도 없었다. 제이엘은 휴가가 끝나면 9층에서 만나자는 식으로 말했지만, 지금 돌이켜보면 그의 말이 정확히 그런 의미였는지는 알 수 없다. 나는 그대로 원래 머물던 층에 있었다. 익숙한 듯 아닌 듯 늘 거기에 있는 내 자리로.

내게 너무 앞서 속삭였던 동료 몇 사람은 나를 보고 더 활짝 웃어주었다. 그들 중 하나가 와서 아직 인사 발령이 다 끝난 건 아니라는 사실을 말해주었다. 내가 실망할까봐 한 말이겠지만 나는 실망하거나 기대하지 않았다. 다만 기다리고 있었다. 덕분에 그날 오후에 제이엘이 무너졌다는 말을 들었을 때 그다지 놀라지 않았다. 제이엘은 내가 선배에 관한 비밀을 흘려주기를 기대했던 것 같지만, 상황이 그렇게 되지 않았다. 선배를 보호하려고 했던 건 딱히 아니었지만.

어디까지가 사실이고 어디서부터 거품인지 알 수 없는 이야기들이 심프 건물의 엘리베이터를 타고 오르내렸다. 확실한 것은 제이엘이 장기 휴가를 냈고 휴가가 끝나고 복귀한다 해도 이전 같지는 않을 거라는 전망 정도였다. 들려오는 말 중에는 심프가 조를 스카웃할 예정이었고 그게 제이엘 라인을 공고히 할 한 축이었다는 내용도 있었다. 조가 그 제안을 거절했고 그게 표면적으로는 거절이지만 사실상 그 분야에서 조가 완전히 퇴출된 거란 말도 있었다. 물론 심프에 떠도는 소문은 제이엘을 중심에 놓은 것이었지만 나는 그보다 먼저 있었을 조의 추락을 상상했다. 자신을 겨냥한 말들이 모두 한 지점에서 출발한 건 아니었지만 그중의 하나가 내게서 출발했다는 걸 조는 알았을까. 물론 나는 그가 알려준 대로 그저 주운 것뿐이다. 내가 참을 수 없는 일에 대해 업계 게시판에 글을 쓴 것뿐인데 고객의 개인 정보 남용 이야기에서 시작된 균열이 제이엘에게 영향을 미쳤다. 조가 흔들리니 제이엘도 흔들린 것이다. 결과적으로는 내 9층 행도 무산된 셈이지만, 어쩌면 애초에 아무 상관이 없었을지도 모른다.

　뉴스 속 고속도로에서 본 미국산 장어들이 흘러

와 지금 우리 테이블 위에 있다고 제이엘은 말했고, 그날 우리는 국산으로 둔갑한 미국산 장어를 먹은 셈이 되었지만, 그건 사실일 수가 없었다. 뉴스 속의 미국산 장어는 먹장어였고, 우리가 앞에 두고 있었던 건 민물장어였다. 종류가 완전히 다른 것이었고 육안으로도 쉽게 구분할 수 있는 것이었다. 그날 제이엘과 나는 이런 말을 주고받았다.

"그 고속도로가 컨테이너에서 쏟아진 장어들로 뒤덮였는데 아주 끈적끈적해졌다더군. 스트레스를 받으면 점액을 내보내니까. 그걸로 아주 늪이 되었다는 거야."

"늪이 되었는데, 거기서 또 용케 살아서 한국까지 온 장어들이 있다는 거잖아요?"

"심지어 그걸 우리가 먹고 있는 걸세."

그리고 누가 뿜어냈는지도 모를 점액질로 가득한 곳에서 내가 어서 솟아올라 9층으로 도약하길 바란다고 그는 말했다. 그러면서 제이엘은 내가 이 회사에 입사한 후에 썼던 몇 가지 낡은 정보들 중 하나를 자신이 고쳐주었던 걸 기억하냐고 물었다. 기억하고 있지만 나는 모른다고 대답했고, 그 얘기는 거기서 그쳤다.

지금 와서 돌아보니 나는 그게 싫었던 같다. 서류에 적어둔 내 어머니와 아버지의 학력은 초졸, 중졸이었다. 그것이 제이엘을 거치면서 모두 고졸로 바뀌었다. 그 변경 사실을 확인하고 내가 느낀 감정이 무엇이었는지 그때 나는 알고 싶지 않았다. 상자를 열어보고 싶지 않았다. 시선이 오래 그곳에 머물렀지만 고개를 돌려 그 순간을 지나쳤고, 이런 일들이 대체로 그렇듯이 오래 잊히지 않았다.

내 사수였던 선배가 좋았던 적도 거의 없긴 했지만, 그는 나와 달랐고 늘 내가 선택하지 않은 행동을 했다. 완전히 같지 않지만 비슷한 모욕감을 느꼈을 때, 선배는 제이엘을 들이받았고, 그 이후 위장의 고통을 느끼면서 제이엘과 얽히지 않으려 애썼다. 그는 늘 제이엘의 세계가 어떻게 무너지는지 궁금해했고 그때까지 버틸 거라고 말하곤 했는데, 그게 마치 도미노 게임처럼 얻어진 결과라는 걸 안다면 어떤 표정을 지을까. 그 세계에 납품될 예정이었던 작은 단추 하나가 전혀 다른 방향으로 튄 결과, 심프의 지형이 뒤틀렸다.

안심결혼보험 이야기로 돌아가자면, 많은 가입자들이 보험금 청구 과정에서 시달렸다. 어떤 사람은 그 과정을 파도에 비유하기도 했다. 해변에 밀려왔던 파도가 다시 멀어질 때처럼, 발 사이로 무언가가 부지런히 밀려오는데 또 더 많이 빠져나가는 느낌이었다고. 끝없이 증거를 수집하고 모으면서도 무언가를 획득하는 게 아니라 잃어버리는 것 같았다고. 그중에 가장 인상적인 분실은 무엇을 잃어버렸는지조차 알 수 없게 되어버린 거였다고. 무언가가 훼손되고 분실되었음에도 불구하고 무엇이 증발한 것인지 알 수 없게 되는 미로, 안나는 그 속에 있지 않았다.

안나의 남편, 신정우는 보험금 청구를 해본 적이 없지만 논팽이의 말 청취 기능은 켜두었다. 안나가 로봇 청소기인 줄만 알았던 논팽이를 열어보았을 때 그 안에 녹음된 건 대화라기보다는 노래였다. 그의 흥얼거림. 청소하면서 노래를 흥얼거리던 그의 모습이 그 안에 들어 있었다. 그리고 논팽이가 할 수 있는 일이 하나 더 있었다. 존재 그 자체로 할 수 있는 일. 안나에게는 일련번호 페이지도 있었다.

약관집 어디에도 '우리'라는 표현은 등장하지 않는다. 나의, 두 사람의, 나와 배우자, 나의 원가족과 배우자의 원가족, 나와 당신……. 여러 표현이 등장하지만 '우리'는 없다. 청첩장에 그렇게 많은 '우리'는 안심결혼보험에서 다루기에는 모호한 단어인 것이다. 그런데 예외가 있다. 기후 공감 특약을 설명하는 페이지에는 '우리'가 등장한다. 거기에만 유일하게 '우리'가 등장한다.

가입자였던 신정우가 사망함으로써 안심결혼보험이 안나 부부의 삶을 기록하거나 엿볼 일은 완전히 없어졌지만, 기후 공감 특약은 '우리'로 되어 있기 때문에 가입자의 사망 이후에도 가구 단위로 청구 자격이 유효했다. 보험금 청구에 필요한 것은 일련번호와 논팽이. 안나에게 그 둘 모두가 있었다.

나는 도서관에서 짙푸른 책 한 권을 대출한 사람이었고, 반납을 유예하는 사람이었고, 잃어버렸다고 고백한 사람이었고, 그 변상조차 미루는 사람이었고, 잃어버렸다고 거짓말한 사람이기도 했다. 그리고 가장 최근에 업데이트된 건 분실한 책을 다시 찾은 사람이라는 거였다. 정확히 말하자면 분실한 책을 다시 찾기로 결정한 사람이라고 해야겠지만.

이런 사정을 알 리 없는 도서관에서는 그다지 기뻐하지도 놀라지도 않고 담담하게 내 책 반납을 받아주었다. 나의 한 계절은 그렇게 알 수 없는 책들의 세계로 흡수되었다. 얼마 후 안나는 계속 보이지 않던 책이 '결혼' 코너에 다시 꽂혀 있음을 보게 됐다. 그 소식을 내게 전하면서, 안나는 최근에 생각한 이야기도 동봉했다.

검은 패딩을 입은 사람이 오른쪽에서 왼쪽으로 지나간다. 회색 코트를 입은 사람이 왼쪽에서 오른쪽으로 지나간다. 검은 패딩을 입은 아이가 오른쪽에서 왼쪽으로, 또 푸른 패딩을 입은 아이가 오른쪽에서 왼쪽으로 지나간다. 폭 2미터, 그걸 벗어난 풍경은 볼 수 없는, 딱 2미터의 앵글만 제공하는 그 자리에 앉아서 그녀는 마음을 차분하게 가라앉힌다. 2미터 이상, 그 이후를 추적할 필요는 없는 것이다. 그들은 그녀가 궁금해하지 않아도 잘 살아갈 테니까. 불안해할 필요가 없는 것이다.

창밖에서, 그녀가 보지 못하는 창밖에서 그들은 이런 말을 할지도 모른다.

"눈이 오늘따라 예쁘게 내리는 것처럼 느껴져요."

"속도 때문일 거예요. 좀 느리잖아요, 천천히 내리잖아요."

"그럼 이렇게 말할게요. 눈이 내리는 속도가 마음에 드네요."

"빨리 녹을지도 몰라요."

나는 이 이야기 속에 이제 안나 부부의 이름이 들어가지 않는다는 것을 시간이 지난 후에야 깨달았다. "한여름에 금색 패딩이라니." 하고 말했지만 그것이 등장하지 않았다는 것도 뒤늦게 깨달았다. 안나의 이야기는 계속 이동하고 있었다. 걷고 있었다.

이 이야기는 안나가 가장 좋아하는 자리에서 발견한 거였다. 도서관 창문 바로 앞인데, 거기 있으면 창문 너머로 느티나무가 마구 흔들리는 걸 볼 수 있고, 그게 느티나무라는 건 최근에서야 알았다고 했다. 전에는 거기에 나무가 있는지도 몰랐고, 그렇게 오래된 나무인 줄도 몰랐다고. 서 있으면 창밖의 나무가 이쪽을 보면서 바람에 흔들리는 게 느껴지는데 그럴 때마다 마음이 녹아버리는 것 같다고.

안나는 도서관 그 자리에 서서 창밖의 나무가 그림자를 서가와 서가 사이로 드리우는 걸 한참 바라보곤 했다. 나뭇잎의 그림자가 드리워진 바닥은 고정되어 있지 않았다. 유연하게 흔들리는 잎사귀는 그림자로도 충분히 아름다웠다. 그걸 바라보고 있으면 정우의 구불구불한 단발머리가 떠오르기도 했는데, 그럴 때면 안나는 조금 더 가까이 그 그림자에 닿으려고 걸음을 옮겨놓게 되었다. 한 걸음, 또 한 걸음…… 고요한 책들 사이로.

"그때 바닥을 보면 놀랍게도 그림자가 먼저 그 일을 해낸다."

"그 일을?"

안나는 그 황홀한 조우에 대해 말해주었다. 바닥을 보면 안나의 그림자와 거대한 나무의 그림자가 이미 꼭 붙어 있어서 서로의 실루엣을 무너뜨린 상태가 되어 있다고. 창밖에 바람이 불면 잎사귀의 그림자들은 더 요란하게 흔들리고 그 요동속에서 그와 안나는 키스를 한다고. 그림자는 실체보다 더 빨리 닿는 거라고.

"성격이 급하구나. 그림자들이."

"아니, 마음이 너무 넉넉해서 몸 밖으로 빠져나가는 거야. 그래서 빨리 만나지. 내 이야기 속에서도 사람들이 이런 말을 하게 된다. 한 사람이 말하지, 우리 그럼 눈이 녹기 전에 끌어안읍시다. 눈이있는 동안만 가능한 것처럼 서둘러 끌어안읍시다. 그러면 다른 사람이 그러는 거야. 그럽시다."

그리고 둘은 세상에 오롯한 것이란 지금 이 순간뿐인 것처럼 뜨겁게 포옹하는 거라고, 안나가말했다.

사랑 이후의 사랑, 포옹의 태도

염승숙

1

윤고은 소설의 매력이라면 단연코 재기발랄한 화술과 색다른 상상력을 꼽을 수 있다. 우리는 이미 그의 첫 소설에서부터 자유분방하게 쓰인 "찰떡" 같은 문장들로, 중력을 거스르는 기막힌 추체험을 시작하지 않았나(『무중력 증후군』). 식탁에 앉을 때도, 전화를 걸 때도, 지하철을 탈 때도, '프레디 머큐리'의 노래를 들을 때도 그의 서사는 곳곳에서 달려 나온다. 여행을 갈 때? 물론. 그건 너무나 당연하다. 그건 그가 열정을 다해 심어놓은 표식과도 같다. 하와이와 프랑스, 지구 곳곳의 여행지들과 함께 하다못해 '평양'과, 지구 어디에도 없는 재난 여행지 '무이'로도 우리를 초대했었으니까.

재치 있는 입담과 속도감 있는 문체 속에 그러나 윤고은은 자신만의 고유한 현실 해석으로, 언제나 예상치 못한 서늘한 충격을 안긴다. 그는 자본주의 사회에서 떨쳐버릴 수 없는 고독과 '개인성'마저도 화폐 단위로 통용되고(「1인용 식탁」「해마, 날다」), 인간이 노동을 통해 자본을 획득하려 하지만 그 자체로, 개체 단위의 소비재로 전락해버리는(「월리를 찾아라」「P」「요리사의 손톱」) 과정을 통해 사회 전체의 구조 속에서 가동되는 부조리와 아이러니를 짚어낸다. 끊임없이 유동하는 과잉 생산 시스템 속에서 인간은 점점 부속품으로 기능하고, 그마저도 쓸모없고 불필요한 것으로 구별되는 즉시 퇴출되고 만다는 걸 그는 동물적으로 감지하고 직시한다.

머물렀던 도시마다 '재개발'되어 쫓겨나던 작가

가 문화 도시로의 재건자 역할을 부여받고 소설을 써나가지만, 창작 속도보다 더 빠르게 증식하는 도시 건설 과정에서 '개'와 다를 바 없는 존재로 전락하는 서사(「Q」)를 통해 그는 일찌감치 이 세계가 하나의 거대한 퀘스천 마크임을 토로한 바 있다. 하물며 보이지 않는 손, poul의 지휘 아래 재난 여행의 기획자였던 '요나'가 의도된 배제로서 스스로 그 기획에서 이탈/낙오하는 이야기(『밤의 여행자들』)는 어떠한가. 자본주의의 질서이자 법칙이 한 편의 '시나리오'이며 그것은 물음표를 포함한 '가상'이지만, 현실에서 분명히 재현되고야 마는 지배적 이데올로기라는 사실까지 드러낸다. 『밤의 여행자들』에서 가장 두렵고 섬뜩한 장면을 꼽는다면 단연코 이 부분일 것이다.

"환불을 말씀드리는 게 아닙니다. 여행 중단 자체가 안 되세요. 약속하신 날짜까지 그곳에 계셔야 해요."

"……왜요?"

"약관에 그렇게 되어 있습니다."

저쪽에서 들리는 기계음은 요나에게 익숙하기도 했지만, 낯설기도 했다.

"제가 아프거나 문제가 생기면, 자연히 여행을 그만두고 한국으로 돌아갈 수 있는 거 아닌가요?"

"고객님은 일반 여행객과 다른 조항으로 상품을 계약하셨어요. 보니까, 출장 개념이네요. 여행비용을 따로 내지 않으셨죠. 회사 차원에서 출장개념으로 가신 거라서, 중간에 중단하거나 할 수가 없어요." (194쪽, 『밤의 여행자들』)

주인공 '요나'는 여행사 직원으로 '재난 여행'에 합류한다. 애초에 이 여행의 기획자였던 그녀는 '무이'에 머무르는 동안 자신이 말 그대로 어떤 '파울', 힘에 동원된 엑스트라로 소모되고 사라질 예정임을 알게 된다. 깨달음의 끝에는 그러나 탈주불가능의 통보만이 있을 뿐. '계약' 때문이다. 계약서에 쓰인 '약관'으로 그녀의 이탈은 원천적으로 허용되지 않는다는 '결론'이 도출되어 있는 것이다. 약속한 날짜까지 "계셔야" 하고 "중간에 중단하거나 할 수가 없"는 것. 인간과 인간이 살아나가야 하는 삶 역시 '상품'의 숙명을 지녔다면 무시무시한 계약이 아닐 수 없다. 저마다의 계약서엔 깨알같이 적힌 약관과 온갖 특약 조항이 난무할 것이다.

『도서관 런웨이』는 지금까지 윤고은이 자신의 소설 쓰기로 보여준 이 모든 흥미로운 감각의 집합체다. 자신이 지닌 모든 오감의 에너지를 동원해 이 소설을 써내고 독자를 맞이할 준비를 마친 게 아닐까 싶을 정도로, 이 작품은 인상적인 요소들로 가득하다. 말하자면 더도 덜도 없이 100프로 재미 보장, 윤고은표 소설!

2

『밤의 여행자들』이 현실을 벗어나 이국의 여행지에서 맞닥뜨린 놀랍고도 섬뜩한 재난 서사였다면 『도서관 런웨이』는 현재에 당도한 전 지구적 공포인 '코로나'를 배경으로, 바로 지금 우리의 현실 속에 포진한 일상적 재난을 구축한다. 그것은 뜻밖에도, 보험과 결혼이다. 이 두 가지는 언뜻 연결 고리가 없어 보이지만, 작가는 이런 농담마저 슬쩍 숨겨놓고 있다. 우리는 "보험약관처럼 소원을"(33쪽) 빌어야 하는 시대에 살고 있으며 "이제 보험이 결혼을 다루게 된 것은 그리 놀라운 일도 아니"(84쪽)라고. 그러니 못 이기는 척 이야기를 따라가면 좋을 것이다. 이제 소설이 보험과 결혼을 다루게 된 것은 그리 놀라운 일이 아닌 셈이니까. 금세, 빠져들게 될 테니까.

소설엔 두 명의 여성이 등장한다. '안나'는 캐나다 동부를 여행하고 돌아와 핼리팩스 도서관 이야기를 한다. "도서관 내부 통로가 몹시 인상적"(9쪽)이어서 그 길을 걷고 난 후 '도서관 런웨이'란 표현을 생각해냈다고. 안나는 그 이름을 딴 계정을 만들고 북스타그래머로도 활동한다. "어떤 통로와 사랑에 빠지는 과정을 설명하기는 쉽지 않아"라고 적은 안나의 피드는, 이 소설이 '사랑 이후'를 다루며 그 또한 쉽지 않을 것임을 예감하게 만든다. 안나가 핼리팩스 도서관 내부 통로를 걸을 때 "자신을 향해 셔터를 누르던 남자"(10쪽)를 사랑하게 된다는, 서둘러 이동한 해양박물관에서 다시 만난 그 남자와 서로의 보폭에 속도를 맞추며 "함께 걷게 됐다"(12쪽)는, 그리하여 "버려진 박물관을 도서관으로 재탄생시킨 건물에서"(18쪽) 프로포즈 받았다는 사실을, '유리'는 대학 동기 모임에서 듣는다. 안나는 여행사(코로나의 여파로 퇴직한), 유리는 보험사(코로나로 더 바빠진) 직원이고 둘은 스물한 살 시절 룸메이트였던 사이다. 그 이후로는 점점 소원해졌지만.

이 소설은 한때 가까웠으나 사소한 오해로 멀어지고, "어느 시기에는 또 완전히 공백상태인 그런 관계"(30쪽)로 지내온 두 사람의 관계를 풀어내면서 그들이 '안심결혼보험'으로 인해 뜻하지 않게 얽혀버리고 마는 사각관계를 조명한다.

마치 2색 국기처럼 둘로 나뉜 그 여름의 어느 길을 우리 둘이 나란히 걷고 있었고, 우리 둘 사이에는 사람 둘이 더 들어갈 수 있을 만큼 간격이 멀었다. 안나는 햇빛이 비치는 하얀 길을, 나는 그늘을 걷고 있었다. 나는 햇빛이 비치는 길로만 걷는 안나를 이해할 수 없었고 안나는 자기 그림자를 데리고 걸을 기회를 버리는 나를 이해할 수 없었다. 그래서 우리는 둘인데 마치 세 사람처럼 걸었다. 나, 안나, 그리고 안나의 그림자. (160쪽)

나란히 걸으면서도 좀처럼 좁혀지지 않는 이 거리감으로 소설은 서서히 긴장을 유발한다. "둘인데 마치 세 사람처럼" 걷고 있다는 묘사는 두 사람이 현재 필연적인 '문제'에 봉착해 있으며, 결말 부분에서 이제는 세상에 없는 '정우'를 곁에 있는 것으로 인식하는 존재의 전회를 암시하기도 한다. 둘 사이에는 "한 번 이상의 환승과 한 시간 40분의 거리가 있"(37쪽)기에 서울 동부에 사는 유리와 경기 북부에 사는 안나는 '줌'으로 대화하기도 하는데, 그들의 대화는 깊이 있게 이어지지 않는다. "무슨 일이냐고 되물으려다가 모든 걸 관두었"(40쪽)기 때문에, 유리는 추후에 안나가 잠적한 이유를 짐작조차 할 수 없다. 갈등은 여기서 시작된다. 묻지 않고 모든 걸 그만두었기 때문에. 외면하고 도망치는 건 모든 이야기의 발단이 되고 위기로 도약한다.

호기심과 인정 욕망으로 언더라이터인 '조'를 만나 안심결혼보험에 가입한 '정우', 해외여행에서 정우와 사랑에 빠진 안나, 그런 안나를 오래 사랑해왔던 조, 보험약관집에 대해 알고 싶었던 우연한 만남으로 조에게 호감을 느끼는 유리……. 안나-정우와 유리-조가 만나는 각기 다른 시공간이 조금씩 어긋나게 배치되면서 기묘한 크로노토프chronotope를 형성하는 장면들은 이 네 사람의 뒤엉킨 관계를 잘 들여다볼 수 있는 세부 장치가 아닐까 싶다. "안나는 그 도서관에 찾아간 시간이 오전 열 시쯤이었는데 오후 네 시에 갔다면 느낌이 달랐을 거라고 말했다. 그러니 그 통로와 사랑에 빠진 배경엔 시간의 영향도 있을 것이다. 안나가 도서관에서 나왔을 때 시계는 이미 두 시를 가리키고 있었다."(10-11쪽)는 대목에서, 반대로 유리가 조를 처음 만난, 오후 네 시라는 시각을 떠올리지 않을 수 없을 테니 말이다. "저만치서 몹시 빠르게 다가온 다른 사람" 탓에 코앞에서 공유 자전

거를 놓치는 조와 "의지는 넘치는데 단지 걸음이
느"(128쪽)려서 택시를 놓치는 유리의 모습 또한,
이들이 끝끝내 서로의 사랑을 놓치거나 뒤처지고
말 거라고, 스스럼없이 첫 만남에 보폭을 맞췄던
안나-정우처럼 나란히 걷지는 못할 거라고 짐작
하게 한다.

3

『도서관 런웨이』에서 다루는 "스토리텔링의
힘"이라면 단연코 '안심결혼보험'에 관해 서술하
는 대목일 것이다. 그거야말로 이 소설이 지닌,
아주 단단하고도 유효한 "건물의 내진 설계 같
은"(107쪽) 것이다. 지금은 파산해버린, 과거의 AS
손해보험사에서 특정 가입자들에게 발행한 '안심
결혼보험약관집'은 '지속 가능한 결혼생활을 위한
지침서'라는 부제를 달고 있다. "무려 683페이지
나 되는 양장본인 데다가, 회화나 조각 작품의 이
미지가 군데군데 삽입"(23쪽)되고 열다섯 개의 소

제목이 달린 보험약관집이라니. 더구나 2012년에 출시되었다가 2018년 보험사의 파산으로 신규 가입이 중단된 상품으로, 보험금을 청구하기 위해 소홀히 다뤘던 약관집을 필요로 하는 사람들이 등장하면서 안나도 관심을 갖는다. 물론 안나는 정우의 기억 속에서 재구성되어 둘만의 추억으로 남은 사례 하나를 뜯어내 '내'이야기로 간직하려는 마음이었지만, 안나가 그 책의 일부를 북클럽 멤버인 '미정'에게 복사해주는 과정에서 유리에게도 추적과 분석의 대상이 된다.

보험은 '아직 오지 않은 미래'의 불확실성을 담보로, 가입자의 불안을 상쇄하는 데 목적을 둔다. 소비 사회에서 약속과 보장의 대가로 지불되는 금액은 개별적으로 다르지만 재해 규정과 보험 종류, 보상 기준은 자연히 시대의 흐름 안에서 읽힌다. 1999년의 왕따, 2000년의 반려견과 수족관의 물고기, 2004년의 주5일제에 이어 "마침내" 2012년에는 결혼에 대한 보험이 등장했다는 식이다. 불(부엌)의 공유로 식구가 모이고, 결혼이라는 제도로서 세대 분리가 이루어지는 '가정' 개념이 형성되었다고 본다면,

약관집의 표지에 '지속 가능한 결혼생활'이라고 쓰인 부제는 의미심장하다. 결혼이 지속될 수 있는 합리성의 유무에 초점이 맞춰지는 동시에 당연히 지속되지 못하는 불합리성 또한 조명될 것이기 때문이다. 안심결혼보험은 결혼하지 않은 성인이라면 '누구나' 가입이 가능하며 기간은 최장 20년까지만, 만료일까지 1회 이상 결혼하지 않았다면 원금의 130퍼센트를 보장해주는 환급금 항목까지. 게다가 AI가 '고위험군'으로 판별하면 가입조차 할 수 없으니 어쩌면 미/비혼의 신분 보장 필터로도 기능한다. "결혼과 출산을 포함해서"(166쪽) '있을 수도 있는 일'인 경조사 지원금을 미리 앞당겨 150만 포인트로 현금화한 유리에게는 아마도 안심결혼보험이 말마따나 '안심'에 방점이 찍혀 보였을지도 모르겠다.

  "안심결혼보험요."
  약관집의 맨 앞면에 '지속 가능한 결혼생활을 위한 지침서'라고 적혀 있었다. 언니는 2년 전 이 보험에 가입했고 매달 보험료를 납부했다. K의 가족이 사돈댁으로부터 받은 현금 예단을 어떻게 썼는지를 소상히 밝히면 뭔가를 조금은 '돌려 받는다'는 거였다. 그 300만 원 말이다. 이미 K의 사돈댁도 이런 과정을 거쳤다고 했다.(……)

그 주 토요일 저녁에 오빠 부부가 약관집을 들고 다시 K의 집으로 왔다. 핵심은 '지속 가능한 결혼생활을 위한 합리적인 소비였는가?'라는 것이고 페이백 역시 그런 기준에 부합하는 항목에 대해서만 가능하다고 했다. (68-70쪽)

그러나 안심결혼보험의 가입자가 막상 보험금을 청구해서 돌려받기 위해서는 까다로운 증명과 증빙의 절차를 거쳐야 한다. 보험사가 청구 내용을 검토해 '비합리적'인 부분을 발견하면 '퇴짜'를 놓게 되고, 가입자들은 당연한 수순으로 '비합리적'인 소비를 기피하게 된다는 것이 뜻밖의 순기능이랄까. 점차로 결혼 과정의 관성적이고 불필요한 악습의 요소들은 도태되는 것이다. K의 사례에서, 아들의 결혼을 앞두고 예단예물을 주고받는 것이 "불법 자금의 흐름"(67쪽)으로 호명되고, 양문형에서 4도어 냉장고로 바꾼 소비가 보험사로부터 '사치'로 지적받는 장면들은 코믹한 서술 이면에 한국 사회가 결혼을 통해 드러내는 구시대적 사고를 비춘다.

지금까지 발표된 윤고은의 소설에서 가족의 형태는 언제나 쪼개지고 분열되기 직전의 혼란한 모양새였다. 그들은 케이크 조각처럼 잘려진 채로도 "그거라도 어디냐"(「사분의 일」)고 말하고, 그에 더해 아버지가 현금 천만 원 대신 받아온 50킬로그램의 '된장'은 "냄새와 빛깔로 마침내 그것임이 증명된 후" 가족 구성원을 불시에 흩어지게 하고, "그걸 믿으라는 거냐!"(「된장이 된」)고까지 소리치게 만든다. 인류학에서 말하는 '혈연의 공유'인 '혈통'과 '공동의 거주'인 '세대'의 원리를 기반으로 했던 가족 개념은 이제 소비 주체로서 물질적인 기반이 흔들리며 와해된다. 「해마, 날다」로 시작된, 파산 직전의 가정 경제와 그로 인해 균열되는 가족 정체성의 실체를 그려온 일련의 서사들은 「부루마불에 평양이 있다면」에 이르러, 결혼과 가정 형성의 가능성 자체가 요원해지고 만 현실을 풍자하기에 이르는 것이다.

「부루마불에 평양이 있다면」에서 '도일'은 9년간 연애를 이어온 '선영'에게 개성 신도시 분양에 관한 정보를 전달하지만 "결국 우리 결혼은 이 땅에서는 불가능하다는 얘기"라는 결론으로 수렴되고 만다. 이 소설을 읽은 독자라면 자본주의 사회에서 동심원 모양으로 번져나가는 도심에의 집중과 '수도권'을 벗어나지 못하는 공포가 주택난으로 이어지고, 그것이 온전한 가족으로의 결합을 방해하는 요소로 작동하는 모습을 본다. 다툼과 화해 끝에 '평양 2차 분양' 모델하우스에 방문한 두 사람의 마지막 장면을 보라. 그들은 결혼하기에는 여전히 '방안'이 없는 "역부족" 상태라는 걸 자각한다. 그리고 그들의 미래에도 엄연히 '계약'이 예정되어 있음을, 계약 시점에 예비부부 혹은 신혼부부임을 '입증'할 수 있어야 '유리'하다는 정보만을 획득한다. 이 땅의 현실에서는 '대출'이야말로 어떤 초월적인, 불가지론처럼 받아들여야 한다는 걸 깨달으면서.

"새 식구도 오는데 9년 된 냉장고 바꾸는 게 뭐

가 문제니? 기분이지. 기분으로도 바꿀 수 있지."

엄마의 말에 K의 오빠가 말했다. "기분 같은 건 보험사 페이백 영역은 아니래요." (71쪽)

다시 『도서관 런웨이』로 돌아와서, 결혼 전 '새 식구'인 며느리를 맞이하며 '기분'을 내기 위해 냉장고를 바꾼 K의 엄마는, 지금까지 윤고은 소설에서 보아왔던 '부부'라는 양자 관계에 의한 결합 가족의 외형을 한발 더 확장하면서도 그 기분이라는 게 「부루마불에 평양이 있다면」에서 도일과 선영이 모델하우스에서 바라보던, '평양의 눈 내리는 풍경'과 다르지 않다는 사실을 꼬집는다. 딱히 평양에 있다는 느낌이 들진 않지만, 남한의 '한강 뷰'는 가질 수 없기에 '나름대로'의 의미 부여를 통해 획득한 시뮬라시옹이다. 기껏 세세한 영수증까지 그러모아 보험금을 환급받았다고 생각했지만 그 또한 결국 보장 가능한 범위 내에서 지급해준 보험사의 '너그러운' 계산이었을 뿐이므로—실제로 K의 언니의 그 다음 달 보험료는 1,390원 인상된다!— 그들이 나누어 가진 "청구 과정의 극적인 순간들"(78쪽)은 기실 '가상 실재'에 불과한 것이다.

『도서관 런웨이』에서 윤고은의 기지奇智는, '안심결혼보험'이 보장하는 특약에 관해 설명할 때 더 빛난다. 시대에의 조응으로 발현되는 이런저런 특이 조항들은, 가입자들로 하여금 보험사가 뭔가를 한 발 앞서서 "알아줬다"(105쪽)는 느낌을 주는 서비스다. 자녀 교육을 위해 멀리 떨어져 살게 된 사람들을 대상으로 한 '기러기 특약'이라든가, 지구 수명 연장을 위해 기후 위기를 고려한 '기후 공감 특약' 등이 있다.

"지구에 탄생하는 모든 것은 그게 빵이든 자동차든 제도든 무엇이든간에 지구 수명을 덜 갉아먹는 쪽으로 움직이겠다는 암묵적인 약속을 해야만 한다고 봐." (142쪽)

이때 "무엇이든"이라는 항목에 '결혼'이란 제도가 포함되는 건 자연스러운 결과다. 한국은 온실가스 배출국 7위의 '기후 악당'이니까 "기후 악당 국가에서 새 살림을 시작하는 부부에게는 기후 공감 능력이 필수적"(143-144쪽)이며, 이후의 안심 결혼보험 가입자에게는 "기본적으로 기후 슬픔 비용이 보험료에 추가"된다는 것. 흥미로운 건, 가입자가 지구를 위한 어떤 행동이나 선택을 하더라도 그것이 "구체적으로 증명"(144쪽)되어야 하고, 그때의 환급에 필요한 증빙자료는 '소비 영수증'뿐이라는 사실! 보험사와 '제휴'된 업체들을 통한다면 '간단한' 일이라고 조는 설명하지만 우리는 안다. "인증받은 업체에서 굳이 불필요한 소비를 하고 환급은 그보다 적게 받을 수도 있다"(147쪽)는 게 '핵심'이라는 걸. 그러니 '안심결혼보험'은 정말로 "굉장히 흥미로운, 삶의 교재"(107쪽)로 기능한다. 자본주의 사회 구성원은 끝도 없는 소비 행위로써 자신을 증명하고, 영수증 처리된 일상 내역으로 삶을 보증받는 것이다. 가입자 스스로 보험사 직원에게 정보를 제공하고 삶을 들키면서.

4

『도서관 런웨이』는 코로나 상황을 알리는 긴급 재난 문자들이 "달리는 열차에 새들이 돌진해 부딪치는 것처럼"(83쪽) 폰으로 뛰어드는 묵시록적 광경 속에서 그야말로 환난의 독서에 열중했던 안나를 포착한다. 안나는 다시 만날 수 없는 남편인 정우가 남긴 약관집을 읽으며, 그가 보험 가입을 통해 도리어 세상을 향해 요구했던 순진한 인정과 신뢰의 지점을 발견한다. "우리는 때로 미래형으로 진실을 말하니까"(257쪽) 정우가 했던 모든 말은 '진실'이었을 거라고 말해주는 유리의 위로는 그 또한 가정형이지만 큰 울림을 준다. 그 말을 듣고 나서야 안나는 비로소 자신이 도서관의 내부 통로를 '런웨이' 삼아 걸었을 때 사로잡힌 것이 무엇이었는지 간절히 깨달았을 것이다. 걷는 동안 햇빛이 비스듬한 각도로 들어온다고 생각했지만 정작 안나에게 들어온 건 자신을 바라보던 정우의 눈빛이었을 테고, 그로써 그들은 도서관을 나와서도 함께 걷게 되었을 테니까.

"상대방의 보폭에 자신의 속도를 맞추며"(12쪽) 걷는 것. 사랑하는 두 사람이 속도를 맞춰 나란히 걸어가는 어디든 런웨이가 아닌 곳은 없을 것이다. 마찬가지로, 이동한 것도 걸음만은 아니다. 그들의 이야기도, 계속, 걸어 나간다. 그 말을 따라 '함께' 걸음을 옮겨주는 것이 우리의 최선이기에, 안나가 남겨진 자로써 다짐하는 부분은 너무도 애잔하고 뭉클하다. "나는 살아야겠네, 더 열심히."(257쪽)

윤고은은 『밤의 여행자들』을 통해 삶은 잔인한 기획이고, 인간은 거대한 포식자에 의해 여행지에 부려져 '악어 떼'로 이동되는 '상품'일 수도 있다는 잔혹 서사를 내보인 바 있다. 그 세계에서 보조출연자로 전락했던 주인공 요나의 '럭'을 향한 사랑은 필연적으로 이루어질 수 없는, 의지적인 상실의 영역으로 분류되었지만 『도서관 런웨이』에서 사랑하는 이의 죽음을 경험하고 전화기의 전원을 끄듯 잠적해버렸던 안나는 전혀 다른 얼굴로 돌아온다. 안나는 '사랑 이후'에도 사랑할 줄 안다. "삶이 좋아하는 것으로만 이루어지는 게 아님"을 알고, 사랑을 지속시킬 줄 아는 힘을 갖는다.

회복 불가능할 정도의 일도 있고, 내가 사랑하는 세계가 훼손되고 내 속도가 흔들릴 때도 울지 않을 거라고 말할 자신은 없는데, 그렇지만 무언가를 누군가를 아주 좋아한 힘이라는 건 당시에도 강렬하지만 모든 게 끝난 후에도 만만치 않아. 잔열이, 그 온기가 힘들 때도 분명히 지지대가 될 거야. (258-259쪽)

　　코로나로 잠식된 세계, 바이러스로 병든 지구에서 한 작가가 사랑 이후의 사랑을 말하고 있다. 울지 않을 수 없지만, "무언가를 누군가를 아주 좋아한 힘"(259쪽)은 따뜻한 '지지대' 역할을 해준다는 것. 강렬함은 사라지지 않고 잔열로 남아 상처받은 인간의 내면을 데운다는 것. 불어오는 바람 앞의 잎사귀처럼 다만 요란하게 흔들리며 기울어진다 해도 상대를 향한 기울어짐이라면 그건 '포개짐'일 수도 있다는 것. 요동 속에서의 키스만이 인간을 구원한다. Love used to slip through me like water slips through hands…… 그러고 보니 조가 안나에게 들려주었던 곡, 그래서 안나가 정우와 반복해서 들었던 노래인 라세 린드의 「Run to you」를 통해 작가는 사랑이 빠져나간 후에도 외로운 밤은 이제 없으니 나를 붙잡으라는 '지지'의 사인을 줄곧 보내오지 않았나. "황홀한 조우"(269쪽)는 그러므로 모든 게 끝난 후에 다시 시작되는 사랑이며, But with you it changed I know, 함께라면 바꿀 수 있다는 걸 알고 또 믿는 '태도'이다.

안나는 그 황홀한 조우에 대해 말해주었다. 바닥을 보면 안나의 그림자와 거대한 나무의 그림자가 이미 꼭 붙어 있어서 서로의 실루엣을 무너뜨린 상태가 되어 있다고. 창밖에 바람이 불면 잎사귀의 그림자들은 더 요란하게 흔들리고 그 요동 속에서 그와 안나는 키스를 한다고. 그림자는 실체보다 더 빨리 닿는 거라고.

"성격이 급하구나. 그림자들이."

"아니, 마음이 너무 넉넉해서 몸 밖으로 빠져나가는 거야. 그래서 빨리 만나지. 내 이야기 속에서도 사람들이 이런 말을 하게 된다. 한 사람이 말하

지, 우리 그럼 눈이 녹기 전에 끌어안읍시다. 눈이
있는 동안만 가능한 것처럼 서둘러 끌어안읍시다.
그러면 다른 사람이 그러는 거야. 그럽시다."

　그리고 둘은 세상에 오롯한 것이란 지금 이 순
간뿐인 것처럼 뜨겁게 포옹하는 거라고, 안나가
말했다. (269쪽)

　그리고 눈이 녹기 전에 끌어안자고, "눈이 있는
동안만 가능한 것처럼 서둘러" 끌어안자고 말하
는 안나의 태도는 '포옹'의 행위로써 어떤 '정신'
이 된다. 말하자면 사람이 사람을 품에 안고 몸과
마음을 덥히는 행위의 모든 것. 포옹은 '포용' 그
자체다.

　윤고은은 『도서관 런웨이』를 통해 드디어 유연
하고도 자유롭게 작가로서의 한 시절을 통과해버
리고, 사랑 이후의 사랑으로 조우하길 원하는 듯
하다. 이 알 수 없이 훼손된 세계에서 누구라도 흔
들리지 않을 수 없으나 그럼에도 불구하고 우리
함께 속도를 맞춰 걷자고, 힘겨우면 꼭 붙어 있자
고, 눈이 오면 뜨겁게 끌어안자고 거듭 말한다. 이

포옹의 제안이 반갑고 아름다워서 나는 "서둘러"
동조하고 싶어진다. "끌어안읍시다. 그럽시다."

계절이 바뀔 때마다 페이지를 한 장 넘기는 소리가 난다면 어떨까. 말의 순서를 바꾸면 충분히 가능한 이야기가 된다. 페이지를 한 장 넘기면 계절이 바뀌는 것이다. 소설의 마지막 한 장이 넘어갈 때 한동안 멈춰 있던 계절이 비로소 흐르기 시작하고, 이렇게 각별한 해동의 경험은 우리가 계속 소설을 쓰거나 읽도록 만든다.

아주 거대한 판형의 책을 종종 떠올린다. 가로 2미터 세로 3미터쯤 되는, 페이지를 넘기려면 두꺼운 커튼을 치고 걷을 때처럼 몸짓이 커져야 하는 책. 그 책의 마지막 페이지를 넘길 때 얼마나 놀라운 바람이 불까. 가방에 넣을 수도 없고 집에 둘 수도 없어 오직 내 머릿속에서만 펼쳐보는 책인데, 마지막 페이지를 아직 만나진 못했다. 다만 상상할 뿐, 그리고 경이로운 바람에 닿고 싶어 계속 쓸 뿐.

『도서관 런웨이』를 쓰는 동안 질문을 기꺼이 받아주신 김혜경 님과 자현 언니, 첫 번째 독자 경아, 귀한 글을 담아주신 염승숙 작가님, 든든한 편집자 윤희영 팀장님께 고마운 마음을 전한다.

2021년
단 한 번뿐인 오늘
윤고은

도서관 런웨이

지은이 윤고은
펴낸이 김영정

초판 1쇄 펴낸날 2021년 8월 25일

펴낸곳 (주)현대문학
등록번호 제1-452호
주소 06532 서울시 서초구 신반포로 321(잠원동, 미래엔)
전화 02-2017-0280
팩스 02-516-5433
홈페이지 www.hdmh.co.kr

ISBN 979-11-6790-029-6 04810
      978-89-7275-889-1 (세트)

• 이 책은 서울특별시, 서울문화재단 2021년 창작집 발간 지원사업의 지원을
  받아 발간되었습니다.
• 책값은 뒤표지에 있습니다.

〈현대문학 핀 시리즈〉는 당대 한국 문학의 가장 현대적이면서도
첨예한 작가들을 선정, 월간 『현대문학』 지면에 선보이고 이것을
다시 단행본 발간으로 이어가는 프로젝트이다. 여기에 선보이는
단행본들은 개별 작품임과 동시에 여섯 명이 '한 시리즈'로 큐레
이션된 것이다. 현대문학은 이 시리즈의 진지함이 '핀'이라는 단
어의 섬세한 경쾌함과 아이러니하게 결합되기를 바란다.